우리가 정말 알아야 할 우리 고전

몽유록

꿈속 이야기로
되살아난 기억들

우리가 정말 알아야 할 우리 고전 기획 위원

고운기 | 한양대학교 문화콘텐츠학과 교수
김현양 | 명지대학교 방목기초교육대학 교수
정환국 | 동국대학교 국어국문학과 교수
조현설 | 서울대학교 국어국문학과 교수

우리가 정말 알아야 할 우리 고전

봉유록

초판 1쇄 발행 | 2015년 5월 7일

글 | 김정녀
그림 | 이수진
펴낸이 | 조미현

편집주간 | 김현림
편집장 | 박은희
편집 | 서현미
디자인 | 디자인 나비

펴낸곳 | (주)현암사
등록 | 1951년 12월 24일 · 제10-126호
주소 | 121-839 서울시 마포구 동교로12안길 35
전화 | 365-5051 · 팩스 | 313-2729
전자우편 | editor@hyeonamsa.com
홈페이지 | www.hyeonamsa.com

글 ⓒ 김정녀 2015
그림 ⓒ 이수진 2015
ISBN 978-89-323-1737-3 03810

* 이 도서의 국립중앙도서관 출판시도서목록(CIP)은
  e-CIP 홈페이지(http://www.nl.go.kr/ecip)에서 이용하실 수 있습니다.
  (CIP제어번호:2015008986)

우리가 정말 알아야 할 우리 고전

몽유록

꿈속 이야기로
되살아난 기억들

글 김정녀 | 그림 이수진

현암사

우리 고전 읽기의 즐거움

문학 작품은 사회와 삶과 가치관을 총체적으로 담고 있는 문화의 창고이다. 때로는 이야기로, 때로는 노래로, 혹은 다른 형식으로 갖가지 삶의 모습과 다양한 가치를 전해 주며, 읽는 이에게 기쁨과 위안을 주는 것이 문학의 힘이다.

고전 문학 작품은 우선 시기적으로 오래된 작품을 말한다. 그러므로 낡은 이야기일 수 있다. 그러나 그 속에 담긴 가치와 의미는 결코 낡은 것이 아니다. 시대가 바뀌고 독자가 달라져도 고전이라는 이름으로 여전히 많은 사람에게 읽히는 작품 속에는 인간 삶의 본질을 꿰뚫는 근본적인 가치가 담겨 있다. 그것은 시대에 따라 퇴색되거나 민족이 다르다고 하여 외면될 수 있는 일시적이고 지역적인 것이 아니다. 시대와 민족의 벽을 넘어 사람이면 누구나 공감할 수 있는 보편적이고 세계적인 것이다. 그렇기 때문에 우리가 톨스토이나 셰익스피어 작품에서 감동을 받고, 심청전을 각색한 오페라가 미국 무대에서 갈채를 받을 수도 있다.

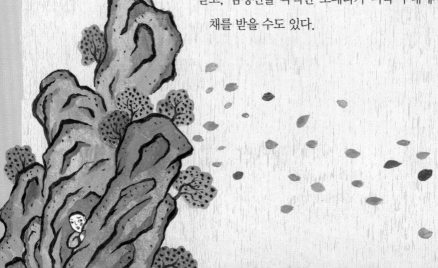

우리 고전은 당연히 우리 민족이 살아온 궤적을 담고 있다. 그 속에 우리의 지난 역사가 있고 생활이 있고 문화와 가치관이 있다. 타인에게 관대하고 자신에게 엄격한 공동체 의식, 선비 문화 속에 녹아 있던 자연 친화 의지, 강자에게 비굴하지 않고 고난에 굴복하지 않는 당당하고 끈질긴 생명력, 고달픈 삶을 해학으로 풀어내며, 서러운 약자에게는 아름다운 결말을 만들어 주는 넉넉함······.

사람과 사람, 사람과 자연의 '어울림'을 중요하게 생각했던 우리의 가치관은 생활 속에 그대로 녹아서 문학 작품에 표현되었다. 우리 고전 문학 작품에는 역사가 기록하지 않은 서민의 일상이 사실적으로 전개되며 우리의 토속 문화와 생활, 언어, 습속이 구체적으로 드러난다. 작품 속 인물들이 사는 방식, 그들이 구사하는 말, 그들의 생활 도구와 의식주 모든 것이 우리의 핏속에 지금도 녹아 흐르고 있음이 분명하지만 우리 의식에서는 이미 잊힌 것들이다.

그것은 분명 우리 것이되 우리에게 낯설다. 고전을 읽음으로써 우리는 일상에서 벗어나 그 낯선 세계를 체험하는 기쁨을 얻게 된다. 몰랐던 것을 새롭게 아는 것이 아니라 잊었던 것을 되찾는 신선함이다. 처음 가는 장소에서 언젠가 본 듯한 느낌을 받을 때의 그 어리둥절한 생소함, 바로 그 신선한 충동을 우리 고전 작품은 우리에게 안겨 준다. 거기에는 일상을 벗어났으되 나의 뿌리를 이탈하지 않았다는 안도감까지 함께 있다. 그것은 남의 나라 고전이 아닌 우리 고전에서만 받을 수 있는 선물이다.

우리 고전을 읽어야 한다는 데는 이미 많은 사람이 공감한다. 고전 읽기를 통해서 내가 한국인임을 자각하고, 한국인이 어떻게 살아왔으며, 어떻게 살아가야 할지 알게 하는 문화의 힘을 느낄 수 있다.

하지만 고전은 지난 시대의 언어로 쓰인 까닭에 지금 우리가, 우리의 청소년이 읽으려면 지금의 언어로 고쳐 쓰는 작업이 반드시 선행되어야 한다. 우리가 쉽게 접하는 세계의 고전 작품도 그 나라 사람들이 시대마다 새롭게 고쳐 쓰는 작업을 거듭한 결과물이다. 우리는 그런 작업에서 많이 늦은 것이 사실이다. 이제라도 우리 고전을 새롭게 고쳐 쓰는 작업을 할 수 있는 것은 우리의 문화 역량이 여기에 이르렀다는 방증이다.

현재 우리가 겪는 수많은 갈등과 문제를 극복할 해결의 실마리를 고전 속에서 찾을 수 있다고 확신하면서 우리 고전을 지금의 언어로 고쳐 쓰는 작업을 시작한다. 이 작업은 여기에서 멈추지 않고 앞으로도 시대에 맞추어 꾸준히 계속될 것이다. 또 고전을 읽는 데서 끝나지 않을 것이다. 우리 고전은 우리의 독자적 상상력의 원천으로서, 요즘 시대의 화두가 된 '문화 콘텐츠'의 발판이 되어 새로운 형식, 새로운 작품으로 끝없이 재생산되리라고 믿는다.

'우리가 정말 알아야 할 우리 고전'을 기획하면서 우리는 다음과 같은 몇 가지 원칙을 세웠다.

먼저 작품 선정에서 한글·한문 작품을 가리지 않고, 초·중·고 교과서에 수록된 작품을 우선하되 새롭게 발굴한 것, 지금의 우리에게도 의미 있고 재미있는 작품을 포함시키기로 하였다.

그와 함께 각 작품의 전공 학자들이 적극적으로 참여하여 판본 선정과 내용 고증에 최대한 정성을 쏟았다. 아울러 원전의 내용과 언어 감각을 훼손하지 않으면서도 글맛을 살리기 위해 여러 차례 윤문을 거쳤다.

마지막으로 시각 효과를 높이기 위해 내용에 맞는 그림을 곁들였다. 그림만으로도 전체 작품의 흐름을 알 수 있도록 화가와 필자가 협의하여 그림 내용을 구성했으며, 색다른 그림 구성을 위해 화가와 사진작가를 영입하기도 하였다.

경험은 지혜로운 스승이다. 지난 시간 속에는 수많은 경험이 농축된 거대한 지혜의 바다가 출렁이고 있다. 고전은 그 바다에 떠 있는 배라고 할 수 있다.

자, 이제 고전이라는 배를 타고 시간 여행을 떠나 보자. 우리의 여행은 과거에서 출발하여 앞으로 미래로 쉼 없이 흘러갈 것이며, 더 넓은 세계에서 더 많은 사람을 만나며 끝없이 또 다른 영역을 개척해 갈 것이다.

우리가 정말 알아야 할 우리 고전 기획 위원

차례

대관재기몽
大觀齋記夢

고금의 시인과 문장가를 기억하다

심의 沈義

꿈에 문장 왕국의 천자를 만나다

　나는 요즘 술병을 앓고 있어 잠결에 자주 꿈을 꾸곤 하였는데, 어떤 때는 가위에 눌리기도 하였다. 12월 16일 밤이었다. 그날도 팔을 베고 누웠다가 얼핏 잠이 들었다. 갑자기 큰 도성都城에 이르렀는데, 성곽城郭이 빙 둘러 있고 대궐 문 앞 누대樓臺는 구름에 닿을 듯 우뚝 솟아 금과 옥처럼 휘황찬란하였다. 궐문闕門 현판懸板에 '천성전天聖殿'이라고 쓰여 있었는데, 관인官人이 사람들의 출입을 엄히 단속하고 있었다. 나는 두려워 부들부들 떨며 땅에 엎드려 말하였다.

　"소신小臣은 풍산豐山에서 온 심沈 아무개입니다. 감히 아룁니다."

　얼마 지나지 않아 천향●이 물씬 풍기고 패옥● 소리가 점점 가까이 들

천향天香　궁중(宮中)에서 사용하는 훈향(薰香)을 말하며, 어향(御香)이라고도 한다.
패옥佩玉　왕과 왕비의 법복(法服)이나 문무백관의 예복(禮服) 위에 늘어뜨린 옥

려왔다. 아름다운 여인이 손으로 공손히 붙들어 일으키고는 말하였다.

"천자天子께서 심 아무개를 들어오라 하십니다."

나는 깜짝 놀라 등골에 땀이 흘렀다. 몸을 굽히고 총총걸음으로 달려갔는데, 걸음마다 하나같이 금잔* 같은 땅이어서 인간 세상이 아닌 듯하였다.

궁궐의 아홉 문이 열리더니 천자께서 백옥상白玉牀에 앉아 계시는 것이 보였다. 임금의 용안龍顔[얼굴]은 청수한 기품이 흘러 마치 선학仙鶴과 같았고, 곤룡포와 면류관은 오색구름이 빙 둘러 감고 있는 듯하여 그 제도制度를 정확히 알 수 없었다. 공경*들이 주위에 둘러서서 천자를 모시고 있었는데, 높은 관冠을 쓰고 홀*을 꽂았으며, 채색 의장*과 치선*이 좌우에서 빛났다. 퉁소와 피리 소리가 울려 퍼지자 옥 같은 여인들이 마주하여 너울너울 춤을 추는데, 사락사락 비단 스치는 소리와 쟁그랑쟁그랑 패옥 부딪치는 소리가 맑게 울렸다.

나는 궁궐 계단 아래 엎드려 한참 동안 명을 기다리고 있었다. 그때 옛 친구인 읍취헌挹翠軒 박은*이 다가와 내 손을 잡으며 말하였다.

"밝은 조정朝廷에서 뜻밖에 옛 벗을 만났구려."

내가 물었다.

"지금 천자는 어떠한 사람인가?"

박은이 내게 은밀히 속삭였다.

"가야처사伽倻處士 최치원*이 지금의 천자이네. 저렇게 몸이 뚱뚱하고 볼품없지만 문장은 놀랍다네. 수상首相의 자리에 있는 사람은 을지문덕*이고, 익재益齋 이제현*과 상국相國 이규보*가 좌우상左右相으로 있네. 거

14

사居士 김극기*, 은대銀臺 이인로*, 양촌陽村 권근*, 목은牧隱 이색*, 포은圃隱
정몽주*, 도은陶隱 이숭인*, 태재泰齋 유방선*, 사숙재私淑齋 강희맹*, 점

금잔金盞 금으로 만든 술잔으로, 금잔 같은 땅은 지세(地勢)가 좋아 깨뜨려도 다시 회복할 수 있는 길
지(吉地)라고 한다.
공경公卿 영의정(領議政), 좌의정(左議政), 우의정(右議政) 삼공(三公)과 의정부(議政府)의 좌우참찬(左右參
贊), 육조판서(六曹判書), 한성부판윤(漢城府判尹) 등 구경(九卿)을 이르는 말이다.
홀笏 벼슬아치가 임금을 만날 때에 조복(朝服)에 갖추어 손에 쥐던 물건으로 얄팍하고 길쭉한 모양이
다. 조복 위에 띠를 두르고 띠의 고리에 꽂기도 했다.
의장儀仗 천자(天子)나 왕공(王公) 등 신분이 높은 사람이 행차할 때 위엄을 보이기 위하여 격식을 갖추
어 세우는 병장기를 가리킨다.
치선雉扇 꿩의 꼬리로 만든 큰 부채. 임금의 자리 좌우에서 호위할 때 사용하였다.
박은朴誾 조선 전기 문신. 1479~1504년. 평소 직언을 꺼린 연산군은 1501년(연산군 7년) 박은을 파
직시켰다. 이때부터 박은은 자연에 묻혀 술과 시로써 세월을 보냈다. 해동강서파(海東江西派)의 대표적
시인이며, 절친한 친구인 이행(李荇)이 그의 시를 모아 『읍취헌유고』를 냈다.
최치원崔致遠 신라 하대의 문장가이자 학자. 857~?. 중국 당나라에서 「토황소격문(討黃巢檄文)」으로
이름을 떨쳤으며, 수많은 시문(詩文)을 남겨 한문학의 발달에도 기여하였다. 저서로는 『계원필경(桂苑
筆耕)』, 『사산비명(四山碑銘)』, 『법장화상전(法藏和尙傳)』만이 전하고, 그 외 『동문선(東文選)』에 시문 약간이
전한다.
을지문덕乙支文德 생몰년 미상. 612년(영양왕 23년) 살수(薩水: 지금의 청천강)에서 수나라 별동대(別動隊)
30만을 격멸시켜 위기에 처한 고구려를 구한 장군. 수나라군에게 "신통한 계책은 천문을 헤아리며 묘
한 꾀는 지리를 꿰뚫는구나. 싸움마다 이겨 공이 이미 높았으니 족한 줄 알아서 그만둠이 어떠하리(神
策究天文 妙算窮地理 戰勝功旣高 知足願云止)."라는 오언시(五言詩)를 보내 회군을 종용한 일화로 유명하다.
이제현李齊賢 고려 후기 문신. 1287~1367년. 유학 지식과 문학적 소양을 바탕으로 사학(史學)에도
많은 업적을 남겼다. 시는 전아하고 웅혼하다는 평을 받았고 사(詞)의 장르에서도 독보적 존재였다.
저서로는 『익재난고(益齋亂藁)』와 『역옹패설(櫟翁稗說)』이 있다.
이규보李奎報 고려 후기 문신. 1168~1241년. 명문장가로 그가 지은 시풍(詩風)은 당대를 풍미했다.
문집으로 『동국이상국집(東國李相國集)』이 있다.
김극기金克己 고려 명종 때의 문신. 생몰년 미상. 고려 말엽에 간행된 『삼한시귀감(三韓詩龜鑑)』에 의하
면 그의 문집은 135권 또는 150권이나 되었다고 하나 지금은 전하지 않고, 『동문선』, 『신증동국여지
승람』 등에 시가 많이 남아 있다.
이인로李仁老 고려 후기 문신. 1152~1220년. 임춘(林椿)·오세재(吳世才) 등과 어울려 시와 술로 즐기
며 세칭 '죽림고회(竹林高會)'를 이루어 활동하였다. 저서로는 『파한집(破閑集)』이 전한다.
권근權近 고려 말·조선 초의 문신. 1352~1409년. 시문집으로 『양촌집(陽村集)』을 남겼다.
이색李穡 고려 후기 문신. 1328~1396년. 아버지는 찬성사 이곡(李穀)이며 이제현의 문인이다. 저서
에 『목은문고(牧隱文藁)』와 『목은시고(牧隱詩藁)』 등이 있다.
정몽주鄭夢周 고려 후기 문신. 1337~1392년. 그의 시문은 호방하고 준결하며 시조 「단심가(丹心歌)」
는 그의 충절을 대변하는 작품으로 후세에 회자되고 있다. 문집으로 『포은집(圃隱集)』이 전한다.
이숭인李崇仁 고려 후기 학자. 1347~1392년. 목은(牧隱) 이색(李穡), 포은(圃隱) 정몽주와 함께 고려의
삼은(三隱)으로 불린다. 저서로는 『도은집(陶隱集)』이 있다.

필재佔畢齋 김종직* 등이 모두 허리에 서대*를 차고 관모官帽에는 정옥*
을 달았으며 주요 직책을 나누어 맡아 관각*에 속해 있네. 그리고 이색
李穡은 대제학大提學을 제수除授받아 문형*을 맡고 있다네."

내가 물었다.

"자네는 지금 어떤 관직에 있는가?"

박은이 대답하였다.

"천자께서 특별히 숭록참찬관崇祿參贊官에 임명하셨다네."

한참 이야기를 나누는데, 붉은 옷을 입은 관리가 나와서 나를 금자광
록대부金紫光祿大夫 겸 규벽부학사奎璧府學士에 임명한다는 천자의 명을 전
달하고 관복官服을 내주었다. 나는 백 번 절하여 천자의 은혜에 감사 인
사를 한 뒤 세 번 사양하였으나 허락하지 않으셨다. 천자께서는 층계
위로 오르라 명하시고 내게 자리를 내어 주시었다. 그러고는 잔치를 베
풀어 위로하셨다.

의장대의 위의威儀는 휘황찬란하고 균천*의 음악이 울려 퍼지자 종소
리와 북소리가 함께 울렸으며, 금 쟁반에 가득한 음식과 옥 술잔의 술
에서는 좋은 향이 났다. 향을 맡고 맛을 보니 진실로 인간 세상에는 없
는 것이었다. 한 내시가 천자께서 내리신 선온주* 한 잔을 권하였는데
나는 주량이 약하여 잔을 다 비울 수 없었다. 그 자리에서 우상右相 이
규보가 술을 즐겨 마시는 것을 바라보았는데, 한 말을 다 마시고도 취
하지 않았으며, 옷 위에는 술을 흘린 얼룩이 가득했다. 잔치가 끝나자
천자께서는 대전大殿으로 들어가시면서 나에게 좋은 집 한 채를 하사下賜
하셨는데, 딸린 노비들이 이루 헤아릴 수 없을 정도로 많았다.

나는 걸어서 대궐을 빠져나왔다. 말에 올라 고삐를 당기니 말 장식 방울소리가 영롱하게 울렸고, 따르는 하인들이 벽제*를 하며 대궐 동쪽 8, 9리쯤 되는 곳의 한 집으로 인도하였다. 층층 누각이 높이 우뚝 솟아 있었고, 붉고 흰 벽은 햇빛에 반짝거렸으며, 대문에는 창槍을 벌려 세워 두었다. 안으로 들어서니 성대한 휘장을 쳐 놓았고, 창窓에는 주렴珠簾이 드리워져 있었으며, 금과 은으로 치장한 수십 개의 방이 죽 늘어서 있었다. 곱게 비녀를 꽂고 귀걸이 장식을 한 미녀들이 제나라에서 나는 흰 비단 치맛자락을 땅에 끌면서 다투어 와서 인사하고는 옷을 벗겼다. 이부자리에선 향기가 진동했고, 미녀들의 풍만한 살결은 부드럽고 윤기가 흘렀다.

유방선柳方善 조선 전기 학자. 1388~1443년. 변계량(卞季良), 권근(權近) 등에게 수학하여 일찍부터 문명이 높았다. 원주에서 생활하는 동안 서거정(徐居正), 한명회(韓明澮), 권람(權擥), 강효문(康孝文) 등 문하생을 길러내었으며, 특히 시학(詩學)에 뛰어났다. 저서로는 『태재집(泰齋集)』이 있다.
강희맹姜希孟 조선 전기 문신. 1424~1483년. 당대의 뛰어난 문장가로 경사(經史)와 전고(典故)에 통달했으며, 저서로 『사숙재집(私淑齋集)』, 『금양잡록(衿陽雜錄)』, 『촌담해이(村談解頤)』 등이 전한다.
김종직金宗直 조선 전기 문신. 1431~1492년. 고려 말 정몽주(鄭夢周)와 길재(吉再)의 학통을 계승하여 김굉필(金宏弼)-조광조(趙光祖)로 이어지는 조선 시대 도학(道學) 정통의 중추적 역할을 하였다. 문장에 뛰어나 많은 시문과 일기를 남겼다. 저서로는 『점필재집(佔畢齋集)』, 『유두류록(遊頭流錄)』, 『청구풍아(靑丘風雅)』, 『당후일기(堂後日記)』 등이 있다.
서대犀帶 조선조(朝鮮朝) 때 1품의 벼슬을 가진 관리(官吏)가 허리에 두르던 띠. 서띠라고도 한다.
정옥頂玉 벼슬이 높은 사람의 모자에 장식한 구슬로, 전하여 높은 벼슬을 의미한다.
관각館閣 문신(文臣)들이 있는 관청으로, 경연청(經筵廳), 춘추관(春秋館), 승문원(承文院), 성균관(成均館), 홍문관(弘文館), 예문관(藝文館), 규장각(奎章閣) 등을 가리킨다. 이러한 관각에 속한 문사(士)들에 의하여 이루어진 문장을 관각문(館閣文), 관각문장(館閣文章)이라고 한다.
문형文衡 저울로 물건을 다는 것과 같이 글을 평가하는 직책이란 의미로, '대제학'을 달리 이르는 말이다.
균천鈞天 균천광악(鈞天廣樂)의 준말로, 천상(天上)의 음악(音樂)을 가리키는데, 전하여 궁중(宮中)의 성대한 음악을 의미한다.
선온주宣醞酒 나라에 경사가 있거나 신하의 노고를 치하할 때, 또는 상을 당한 신하를 위로할 때 임금이 신하에게 내려 주는 술. 어주(御酒)라고도 한다.
벽제辟除 원래는 개벽(開闢)·소제(掃除)의 뜻으로 길을 열고 불결한 것들을 치우게 하던 일이었으나, 뒤에는 귀인이나 관원들의 위엄을 과시하는 의례가 되었다.

옛 친구 박은과
나라 돌아가는 이야기를 나누다

사창*이 겨우 밝았는데, 갑자기 여관*이 참찬관 박공차公이 찾아왔다고 알렸다. 나는 급히 세수를 하고 문밖으로 나가 박공과 서로 인사하고 안으로 맞아들였다. 내당內堂에 앉아 서로를 보고 있자니 기쁨이 극에 달해 눈물이 흘렀다. 참찬이 내게 말하였다.

"그대가 오랫동안 불우하게 지내다가 하루아침에 부귀영화를 누리게 되었으니 정말 축하하네. 다만 쌓아 놓은 장작더미* 위에 앉아 있는 격이니 탄식할 일이 없지 않을 것이네."

나는 무릎을 바짝 대고 나라가 어찌 돌아가는지 자세히 물어보았다. 참찬이 답하였다.

"천자의 자字는 고운孤雲이네. 옥황상제께서 특별히 천자의 자리에 세우시고 재능 있는 선비들을 위로하고 기쁘게 하라 하시었네. 세상에는 천자가 신선神仙이 되어 떠나갔다고 잘못 전해져 있지. 지금 천자께서는 문장을 좋아하셔서 어질거나 그렇지 않거나 귀하거나 천하거나를 묻지 않으시고, 개인의 한계나 순자●와 같은 근무 연한 등도 논하지 않으신 다네. 오직 문장의 높고 낮음만을 보고 관직과 지위를 올리기도 하고 낮추기도 하신다네."

내가 말하였다.

"서徐, 어魚, 성成, 홍洪 등은 지금 어떤 벼슬을 하고 있는가?"

참찬이 대답하였다.

"모두 지방 관원으로 나가 있다네. 주州, 부府, 군郡, 현縣이 백천百千 남짓이라 사방을 나누어서 다스리는데, 문장이 격률에 맞지 않고 기품이 엄숙하지 않은 사람은 대부분 수령守令에 임명되어 백 년에 겨우 한 번씩 조회朝會에 참여한다네. 천자께서는 문장의 체제를 당률●과 같이 취하기 때문에 인간 세상에서 지위가 숭품●에 이르고 유학儒學을 이끈 우두머리라 하더라도 그 문장이 보잘것없으면 모두 권세가의 문을 지키거나 청소하는 일을 맡긴다네. 비록 관직이 없는 포의●로 일생을 마치고, 백수●의 떠돌이라 하더라도 문장이 높고 훌륭하면 우대하여 공경公卿과

사창紗窓 갑사나 은조사 따위와 같이 발이 얇고 성긴 깁의 종류를 바른 창
여관女官 궁중(宮中)에서 임금, 왕비(王妃), 왕세자(王世子)를 가까이 모시어 시중들던 여자(女子)를 말한다.
장작더미 적신(積薪)이라고도 한다. 장작더미를 쌓을 때 나중의 장작이 맨 위에 놓이는 것처럼, 뒤에 온 자가 오히려 앞자리를 차지하는 것을 말한다.
순자循資 관리를 승진시킬 때 그 직책에 얼마나 있었는가를 기준으로 승진시키는 제도
당률唐律 당나라 시대의 율격(律格)
숭품崇品 종1품의 품계를 말한다.
포의布衣 베옷. 벼슬이 없는 선비를 비유적으로 이르는 말이다.

시종*의 반열班列에 올린다네. 만약 그대의 재주가 훌륭하지 않았다면 어찌 하루아침에 재상의 지위에 이를 수 있었겠는가? 다만 조정 안팎의 선진*들이 시기하여 참소하고 해를 끼칠까 염려되니 행동을 삼가고 훌륭한 기량을 잘 보전하시게."

말을 미처 마치기도 전에 술과 음식을 들여왔는데, 술은 달고 고기는 부드러웠다. 월녀와 제희*가 부르는 긴 노랫소리에 가던 구름도 멈추어 서고*, 서로 뜻이 통하여 즉석에서 시를 지어 읊으며 수작*하였다. 격식을 모두 잊고 실컷 마시다가* 마침내 서로 인사를 하고 물러 나왔다.

동쪽 동산을 돌아다보니 구슬과 옥돌로 숲을 이루었고 비취翡翠가 날개를 웅크리고 있었다. 가신家臣이 집안의 회계會計 장부를 가져다 보였는데, 뒤돌아 그를 자세히 살펴보니 어무적*이었다. 이윽고 펼쳐 보게 하였더니 창고倉庫에 쌓인 교초*와 산호*, 금과 은 등 진기한 보석이 셀

백수白首 흰 머리. 탕건(宕巾)을 쓰지 못하였다는 뜻으로, 벼슬하지 못한 사람을 비유적으로 이르는 말이다.
시종侍從 시종신. 조선 시대에 홍문관의 옥당(玉堂), 사헌부나 사간원의 대간(臺諫), 예문관의 검열(檢閱), 승정원의 주서(注書)를 통틀어 이르던 말이다.
선진先進 어느 한 분야에서 연령, 지위, 기량 따위가 앞서는 사람을 의미한다.
월녀越女와 제희齊姬 월나라와 제나라에서 미인이 많이 나온 데서 아름다운 여인을 가리키는 말
긴 노랫소리에~멈추어 서고 가던 구름이 음악을 들으려고 멈춘다는 뜻으로, 풍악이 멋지게 울려 퍼지는 것을 말한다. 진(秦)나라의 명창 진청(秦靑)이 노래를 부르자, 가던 구름도 그 소리를 듣고 멈춰 섰다는 향알행운(響遏行雲)의 이야기가 『열자(列子)』 「탕문(湯問)」에 전한다.
수작酬酌 술잔을 서로 주고받는다는 뜻에서 말을 서로 주고받음을 뜻한다.
격식을 모두 잊고 실컷 마시다가 두보(杜甫)가 친구 정건(鄭虔)에게 준 「취시가(醉時歌)」에 "형식 모두 잊고서 너니 나니 하는 사이, 통음(痛飮)하는 것이야말로 진정 나의 스승일세(忘形到爾汝痛飮眞吾師)."라는 표현이 나온다. 『두소릉시집(杜少陵詩集)』 권3
어무적魚無迹 조선 중기 시인. 생몰년 미상. 어머니가 관비(官婢)여서 과거에 응시하지 못했으나 당시 문학적 재능을 높이 평가받았다. 특히 유랑하는 백성의 어려움을 대변한 「유민탄(流民嘆)」과 「신력탄(新曆嘆)」 등의 작품이 유명하다.

수 없을 정도로 많았다. 내가 화를 내며 말했다.

"폐하께서는 나를 석숭°으로 대하시는 것인가?"

나는 즉시 여러 희첩姬妾을 흩어 보내고 먹는 음식도 규모를 줄이도록 하였다.

얼마간 시간이 흐른 뒤, 천자께서 혼인을 하라는 조서詔書를 내리셨다. 성은 장씨張氏이고 이름은 옥란玉蘭이라는 여인을 아내로 맞이하였는데, 곧 장형°의 딸이었다. 중국 조정에서 친영°하고 금은과 비단 등으로 납폐°하였다. 합근례°를 치르고 신방新房으로 들어가니 서로 좋아하는 정이 더욱 깊어졌다. 아름다운 용모와 고운 자태는 마치 고야산의 신선°과 같이 황홀하여 감히 가까이할 수 없었다.

교초鮫綃 남해(南海)에 산다는 전설 속의 교인(鮫人), 즉 인어가 짰다는 비단으로 그 값이 100여 금(金)이나 나갔다고 한다.
산호珊瑚 산호충(珊瑚蟲)이 모여서 나뭇가지 모양을 형성한 것인데, 바깥쪽은 무르고 속은 단단한 석회질로 되어 있어 속을 가공하여 장식품을 만들었다. 예로부터 칠보(七寶)의 하나로 여겼다.
석숭石崇 중국 서진(西晉) 시대의 문인이자 관리. 항해와 무역으로 큰 부자가 되어 100여 명의 처첩(妻妾)을 거느렸으며, 집안의 하인도 800여 명이나 될 정도로 매우 사치스러운 생활을 했다고 한다.
장형張衡 중국 후한 때의 문인. 젊어서부터 글을 잘 지었으며, 태학(太學)에 들어가 오경(五經)과 육예(六藝)를 배웠다. 수력(水力)으로 움직이는 혼천의(渾天儀)와 지진(地震)을 측정하는 후풍지동의(候風地動儀)를 최초로 발명했다. 문집으로 『장하간집(張河間集)』이 있다.
친영親迎 신랑이 신부의 집에 가서 신부를 직접 맞이하는 의식이다.
납폐納幣 혼인할 때 사주단자의 교환이 끝난 후 정혼이 이루어진 증거로 신랑 집에서 예물을 보내는데, 보통 밤에 푸른 비단과 붉은 비단을 혼서와 함께 함(函)에 넣어 신부 집으로 보낸다.
합근례合巹禮 신랑과 신부가 서로 잔을 주고받는 절차
고야산姑射山의 신선神仙 고야는 신선이 살았다는 산의 이름. 『장자(莊子)』 「소요유(逍遙遊)」에 "묘고야(藐姑射)에는 신인(神人)이 사는데, 살결이 눈빛처럼 희고 아름답기는 처녀와 같으며, 오곡(五穀)을 먹지 않는다."란 구절이 있다.

규벽부에서
고금의 문장을 평론하다

　얼마 후 진주리*가 와서 관아官衙에 출근할 것을 청하였다. 푸른 옷을 입은 동자童子가 멘 가마를 타고 칼을 찬 무사의 호위를 받으며 대청大廳에 들어서니 '규벽부奎壁府'라는 현판이 걸려 있었다. 조각을 새긴 문설주가 아득히 이어져 있었고 금포*는 번쩍번쩍 빛났다. 구슬로 엮은 발[珠簾]을 갈고리로 말아 올리니 짐승 모양의 화로에서 연기가 피어오르고 있었다.

　나는 옥대*를 두르고 북쪽 벽에 섰는데, 동료 관원官員이 둘 있었다. 진화*는 오서대*를 두르고 동쪽 벽에 섰으며, 정지상*은 삽금대*를 두르고 서쪽 벽에 서 있었다. 서로 공례公禮로써 두 번 절한 뒤 각자 금으로 만든 교의*에 앉았다. 젊은 관원도 열 명이 있었는데, 예산猊山 최해*, 중순당中順堂 나흥유*, 와주瓦注 안경공*, 가정稼亭 이곡*, 초은樵隱 이인

진주리進奏吏 임금의 명을 전하여 아뢰는 관리

금포金鋪 문짝에 설치한 금색의 장식으로, 대개 짐승[獸]이나 용(龍)이 문고리를 입에 물고 있는 형상이다.

옥대玉帶 왕이나 높은 벼슬아치가 공복(公服)을 입을 때 허리에 둘렀던 허리띠의 하나

진화陳澕 고려 후기 문신. 생몰년 미상. 어려서부터 글재주가 있어 명종이 신하들에게 「소상팔경(瀟湘八景)」시를 짓도록 하였을 때에 장편을 지어내 이인로(李仁老)와 더불어 절창이라는 평을 받았다. 시문집으로『매호유고(梅湖遺稿)』가 전한다.

오서대烏犀帶 무소의 뿔로 만든 허리띠의 하나

정지상鄭知常 고려 중기 문신. ?~1135년. 그의 시재(詩才)는 이미 5세 때에 강 위에 뜬 해오라기를 보고 "어느 누가 흰 붓을 가지고 乙 자를 강물에 썼는고(何人將白筆 乙字寫江波)."라는 시를 지었다는 일화가 야사에 전해 올 만큼 뛰어났다. 이러한 시재로 고려 12시인 중의 하나로 꼽혔다. 그림·글씨에도 능통했는데, 특히 사륙변려체를 잘 썼다고 한다. 작품으로는『동문선』에「신설(新雪)」·「향연치어(鄕宴致語)」가, 『동경잡기(東京雜記)』에「백률사(栢律寺)」·「서루(西樓)」등이 전한다.

삽금대鈒金帶 조선 시대 정2품의 관원이 조복(朝服)·상복(常服)에 띠던 띠

교의交倚 관원들이 중요한 일을 의논하려고 한곳에 모였을 때 당상관(堂上官)이 앉던 의자

최해崔瀣 고려 후기 문인. 1287~1340년. 최해는 평생을 시주(詩酒)로 벗을 삼았다. 최해가 노년에 지은「예산은자전(猊山隱者傳)」은 자서전이다. 말년에는 저술에 힘써 고려 명현의 명시문을 뽑아『동인지문(東人之文)』을 편찬하였다. 문집으로는『졸고천백(拙藁千百)』이 있다.

나흥유羅興儒 고려 후기 무신. 생몰년 미상. 경사(經史)를 두루 섭렵했으며, 특히 고사에 밝아 이야기를 잘해서 공민왕의 총애를 받았다. 저서로는『중순당집(中順堂集)』이 있다.

안경공安景恭 고려 말·조선 초의 문신. 1347~1421년. 경기체가「관동별곡(關東別曲)」과「죽계별곡(竹溪別曲)」을 지어 명성이 높았던 안축(安軸, 1282~1348년)의 손자이다. 1392년(태조 1년) 이성계(李成桂)의 건국을 도와 개국공신 3등이 되고, 1416년(태조 16년)에는 보국숭록대부(輔國崇祿大夫)의 위계(位階)에 올라 집현전 대제학에 이르렀다.

이곡李穀 고려 후기 학자. 1298~1351년. 일찍이 원나라에서 문명을 떨쳤고, 원나라의 과거에도 급제하여 고려에서의 관직 생활이 순탄하였다. 『동문선』에 100여 편의 작품이 수록되어 있다. 저서로는『가정집(稼亭集)』이 전한다.

이인복李仁復 고려 후기 문신. 1308~1374년. 할아버지는 성산군(星山君) 조년(兆年)이고, 권신 인임(仁任)의 형이다. 일찍이 백이정(白頤正)에게서 수학해 성리학에 밝았다. 저서로는『초은집(樵隱集)』이 있다.

이달충李達衷 고려 후기 문신. 1309~1384년. 훌륭한 학자였으며 저서로는『제정집(霽亭集)』이 있다.

유숙柳淑 고려 후기 문신. 1324~1368년. 1340년(충혜왕 복위 1년) 안동사록(安東司錄)으로 강릉대군(江陵大君·恭愍王)을 시종, 4년 동안 원나라에 있었다. 홍건적의 침입과 흥왕사의 변란 때 공을 세워 공민왕의 신임이 두터웠으나, 신돈(辛旽)의 모함으로 낙향, 신돈의 하수인에게 교살당하였다.

이방직李邦直 고려 후기 문신. ?~1384년. 집현전 대제학을 지냈으며 낭천군(狼川君)에 봉해졌다.

설장수偰長壽 고려 후기 문신. 1341~1399년. 본래 위구르(Uighur, 回鶻) 사람으로 1358년(공민왕 7년) 아버지 손(遜)이 홍건적(紅巾賊)의 난을 피해 고려로 올 때 따라와 귀화(歸化)하였다. 조선 건국 후 태조(太祖)의 특명으로 계림(鷄林)을 본관으로 받았으며, 명나라 사신으로 여러 차례 왕래하였다. 시와 글씨에도 능하였다. 저서로는『직해소학(直解小學)』,『운재집(芸齋集)』이 있다.

정해鄭瑎 고려 후기 문신. 1254~1305년. 부모를 일찍 여의었으나 학문에 힘써 과거에 급제하고, 충렬왕을 시종하여 원나라에 다녀온 뒤 합문지후(閤門祗候)에 올랐다.

옥송獄訟 형사상의 송사(訟事)

첨籤대 쉽게 찾을 수 있도록 책장 사이나 포개 놓은 물건 틈에 끼워 표하는 데 쓰는 얇은 조각

복●, 제정霽亭 이달충●, 사암思庵 유숙●, 의곡義谷 이방직●, 운재芸齋 설장
수●, 팔계八溪 정해● 등이 일제히 나아와 서로 인사를 나누었다. 각자
문서를 맡아 처리했는데, 처결할 만한 일이 별로 없었다. 옥송●을 심의
하여 죄를 결정해야 하는 것은 모두 고금의 시인과 문장가 등의 서열을
정하는 일이었다.

부府의 왼쪽에는 별도로 부서 하나가 설치되어 있었는데, '보문각寶文閣'
이라 하였다. 그곳에는 상아 첨대●를 꽂은 서적 만 권과 옥색의 책갑●이
위아래로 가득 차 있었다. 운곡雲谷 정보●, 서하西河 임춘●, 삼봉三峯 정
도전●, 난계蘭溪 함부림●, 역옹櫟翁 최자●, 탁영濯纓 김일손●, 추강秋江 남
효온● 등이 문서를 모두 맡아 관리하였는데, 날마다 문장을 비평하는
것을 일삼았다.

내가 진학사[동료 관원 진화]를 돌아보며 말하였다.

"제가 영공●의 시 「소상팔경瀟湘八景」을 보았는데, 모두 성률이 있는
그림●이었습니다."

또 정학사[동료 관원 정지상]에게 말하였다.

"저는 영공의 '밝은 달에 발[簾] 걷은 서너 사람●'이란 시구詩句를 읊고
는 고기 맛을 잊어버릴 정도였습니다. 제가 감히 한 걸음 뒤로 양보해
야 할 듯합니다.●"

진학사와 정학사 두 사람이 동시에 답하였다.

"저희가 영공의 '일렁이는 바다 속 달이여●'란 시구를 보았더니 이른바
눈 속에 핀 매화 향기 같았습니다. 저희는 감히 감당할 수 없습니다."

청사廳舍 앞에 지인● 한 사람이 있었는데, 말을 할 때마다 머리를 흔들

책갑冊匣　책을 넣어 둘 수 있게 책의 크기에 맞추어 만든 작은 상자나 집

정보鄭保　조선 전기 문신. 생몰년 미상. 정몽주(鄭夢周)의 손자이다. 학문이 뛰어나 세종의 총애를 받았으며, 일찍이 성삼문(成三問)·박팽년(朴彭年) 등과 친교를 맺었다. 1456년(세조 2년) 6월에 단종 복위 사건이 일어나자, 사육신의 무죄를 주장하다가 연일(延日)에 유배되었다. 그 뒤 단성으로 이배되었다가 그곳에서 죽음을 당하였다.

임춘林椿　고려 중·후기 문인. 생몰년 미상. 이인로(李仁老)를 비롯한 죽림고회(竹林高會) 벗들과 어울렸으며, 한문과 당시(唐詩)에 능하였다. 이인로가 그 유고(遺稿)를 모아 『서하선생집(西河先生集)』을 엮었다.

정도전鄭道傳　고려 말·조선 초의 문신. 1342~1398년. 이색(李穡)의 문인으로 정몽주(鄭夢周), 이숭인(李崇仁), 김구용(金九容) 등과 교유했으며, 문장이 왕양혼후(汪洋渾厚)해 동료의 추양(推讓)을 받았다. 1392년 정몽주가 이방원(李芳遠) 일파에 의해 격살되자 같은 해 7월, 조준(趙浚)·남은(南誾) 등 50여 명과 함께 이성계(李成桂)를 추대해 조선을 개창하였다. 조선 개국 1등 공신으로 사상적·제도적으로 조선의 기초를 놓았다. 저서로는 『삼봉집(三峰集)』이 있다.

함부림咸傅霖　고려 말·조선 초의 문신. 1360~1410년. 1392년(공양왕 4년) 이성계가 실권을 잡자 병조정랑 겸 도평의사사경력사도사에 기용되었다. 그해 이성계 추대에 참여해 개국공신 3등으로 개성 소윤에 임명되었다. 성격이 강직해 직언을 서슴지 않았으며, 서리를 다스리는 데에 능숙해 관직을 맡을 때마다 칭송을 받았다.

최자崔滋　고려 후기 문신. 1188~1260년. 시문에 뛰어나서 당대에 크게 문명을 떨쳤다. 이규보의 문학관을 이었으며, 문학 비평을 본격적인 궤도에 올려놓았다는 평을 받고 있다. 저서로는 『보한집(補閑集)』 3권이 전하며, 『삼한시귀감(三韓詩龜鑑)』에 시 1편이, 『동문선』에 부(賦) 2편, 시 10편, 기타 작품이 수록되어 있다.

김일손金馹孫　조선 전기 문신. 1464~1498년. 김종직(金宗直)의 문인으로 정여창(鄭汝昌)·강혼(姜渾) 등과 교유하였다. 주로 언관(言官)에 재직하면서 훈구파를 공격하고 사림파의 중앙 정계 진출을 적극적으로 도왔다. 1498년(연산군 4년) 훈구파가 일으킨 무오사화에서 능지처참을 당했다. 저서로는 『탁영집(濯纓集)』이 있으며, 시문 26편이 『속동문선(續東文選)』에 수록되어 있다.

남효온南孝溫　조선 전기 문신. 1454~1492년. 김종직의 문인이며 김굉필(金宏弼), 정여창(鄭汝昌) 등과 함께 수학하였다. 단종을 위해 사절(死節)한 6인의 사실을 「육신전(六臣傳)」으로 펴냈다. 저서로는 『추강집(秋江集)』, 『추강냉화(秋江冷話)』, 『사우명행록(師友名行錄)』 등이 있다.

영공令公　정3품과 종2품의 벼슬아치를 이르던 말이다.

성률聲律이 있는 그림　회화성이 짙은 시를 말한다. 소동파(蘇東坡)가 당나라의 시인이자 화가인 왕유(王維)의 시와 그림을 두고 평하기를 "시 가운데 그림이 있고, 그림 가운데 시가 있다(詩中有畵 畵中有詩)." 라고 하였다.

밝은 달에~서너 사람　정지상(鄭知常)이 지은 「장원정(長源亭)」(『동문선(東文選)』 권12)에 '명월권렴삼사인(明月捲簾三四人)'이란 시구가 있다.

제가 감히~할 듯합니다　송(宋)나라 구양수(歐陽脩)가 소식(蘇軾)의 글을 읽어 보고는 "노부가 마땅히 그를 위해 길을 피하면서 한 걸음 뒤로 양보해야만 하겠다(老夫當避路 放他出一頭地也)."라고 매성유(梅聖俞)에게 편지를 보낸 고사가 있다. 『송사(宋史)』 권338, 「소부열전(蘇軾列傳)」

일렁이는 바다 속 달이여　심의가 지은 시구 중 '파사해저월(婆娑海底月)'을 가리키는 것이다.

지인知印　각 관아의 관장(官長) 앞에 딸리어 잔심부름하는 사람

사문斯文　유학의 도의나 문화를 일컫는 말. 여기서는 유학자를 지칭한다.

변계량卞季良　고려 말·조선 초 문신. 1369~1430년. 이색(李穡)·정몽주(鄭夢周)의 문인이다.

서리胥吏　관아에 속하여 말단의 행정 실무에 종사하는 하급 관리

존자尊者　학문과 덕행이 뛰어난 부처의 제자를 높여 이르는 말이다.

고 발을 움직였으며, 하는 짓이 방정맞고 성미가 조급하기 짝이 없었다. 내가 누구냐고 물어보았더니 사문* 변계량*이라고 하였다. 또 서리* 한 사람이 있었는데, 키가 크고 예스러운 모습이 마치 불가佛家에서 일컫는 존자*와 같았다. 누구냐고 물었더니 사문 유호인*이라고 하였다.

이에 내가 말하였다.

"변사문卞斯文은 '버들개지 누런빛에 들판엔 봄이 왔네*'란 시구가 있고 유사문俞斯文은 '살쩍은 가을에 나뭇잎과 함께 쓸쓸하여라*'란 시구가 있습니다. 이렇게 뛰어난 시구가 있는데도 어찌 미천한 무리가 되었단 말입니까?"

진학사와 정학사 두 사람이 말하였다.

"이러한 시구 등은 가난에 찌든 걸인乞人처럼 시의 격률이 수척하여 의외의 맛이 없으니 그런 수치를 당하는 것이 마땅합니다."

또 봉액*을 입고 머리에 장보관*을 쓴 사람들이 뜰 가운데 나란히 벌여 서서 분주히 오가며 소리를 질러 잡인을 금하였는데, 그런 자가 매우 많았다. 정재貞齋 박의중*, 교은郊隱 정이오*, 승려 선탄*, 단활短豁

유호인俞好仁　조선 전기 문신. 1445~1494년. 김종직의 문인이며 문장으로 이름이 높았다.
버들개지 누런빛에 들판엔 봄이 왔네　변계량의 지은 「將赴京都長湍途中寄呈鼎谷(서울로 가는 도중 장단에서 정곡에게 부치다)」(『동문선』 권17)이란 시에 '암황부지유교춘(暗黃浮地柳郊春)'이란 시구가 있다.
살쩍은 가을에 나뭇잎과 함께 쓸쓸하여라　유호인이 지은 「病中朴上舍信亨見訪(병중에 상사 박신형이 찾아오다)」(『동문선』 권8)이란 시에 '빈모추공엽숙숙(鬢毛秋共葉肅肅)'이란 시구가 있다.
봉액縫掖　예전에 선비가 입던 옆이 넓게 터진 도포. '봉액'은 유자(儒子)의 옷을 말한다. 『예기(禮記)』 「유행(儒行)」
장보관章甫冠　선비들이 쓰던 관. 중국 은(殷)나라 때부터 쓰던 관의 하나인데, 공자가 이 관을 썼으므로 후세에 유생들이 많이 썼다. 유건(儒巾)이라고도 한다.

이혜* 등도 그들과 함께 있었다. 나머지는 다 헤아릴 수도 없었다. 내가 비밀히 감추어 둔 서적을 뽑아 보려 하였더니 동료들이 거세게 말리며 말했다.

"옥급과 금단*은 육정*이 보호하고 있으니 함부로 누설해서는 안 됩니다."

며칠 후 중사*가 붉은 칙서*를 받들고 이르렀다. 나와 동료 관원들은 뜰로 내려가 맞아들이고 칙서를 뜯어보았는데, 거기엔 천자가 지은 율시가 적혀 있었다. 천자께서는 '풍고야자송조사風敲夜子送潮沙'란 시구의 '송送' 자가 어딘지 부자연스러워 밤낮으로 궁리해 보았으나 마땅한 글자를 얻지 못하였다며, 학사들이 의논하여 고쳐 볼 것을 분부하셨다. 진학사는 '과過' 자로 고치고, 정학사는 '집集' 자로 고쳤으며, 나는 '낙落' 자로 고쳐서 아뢰었다. 천자께서 보시고 '落(낙)' 자를 흡족히 여기셔서 나를 대궐로 불러들이시고는 시 짓는 것의 쉽고 어려움에 대해 물으셨다. 내가 답하였다.

"신臣은 시 짓는 것이 가장 어렵습니다. 며칠 동안 괴로이 읊조리고 나서야 겨우 한 편을 완성할 수 있습니다. 그런데 다음 날 다시 읽어 보면 잘못된 점이 한두 가지가 아니어서 다시 열흘이고 한 달이고 다듬어서 성률聲律을 숨구멍으로 하고, 물상物像을 뼈대로 한 뒤에야 겨우 한 시역詩域에 도달할 수 있습니다."

이에 천자께서 말씀하셨다.

"경卿이 시에 대해 의논하는 것이 짐朕의 마음과 꼭 같도다."

이후로 천자께서는 하루에 세 번씩 나를 찾으시고 극진히 대우해 주셨으며, 하사下賜하시는 것이 이루 헤아릴 수 없을 정도로 많았다. 또 천자께서는 조정 안팎에 조서詔書를 내려 말씀하셨다.

　"짐이 듣건대 시를 짓는 데에는 구법句法이 있으니, 고요하고 담백하면서도 천박하고 속된 데로 흐르지 않고, 기이하고 예스러우면서도 괴이하고 편벽된 데에 가까워져서는 안 되느니라. 시를 읊을 때에는 그 대상을 형상화하는 데 군색함이 없어야 하고, 일을 서술할 때에는 성률에 구애되지 않은 후에야 비로소 더불어 시에 대해 말할 수 있을 것이다. 모름지기 『시경詩經』과 『초사楚辭』를 위주로 하여 옛사람들이 높이 평가한 곳을 잘 살펴보면 자연히 부화浮華하고 경박한 기질과 습관이 없어질 것이다. 무릇 나의 신료들은 짐의 이러한 뜻을 잘 헤아려 그 핵심을 깨치도록 하라."

박의중朴宜中　고려 말·조선 초의 문신. 1337~1403년. 성리학에 밝았으며 문장이 우아하기로 유명하였다.

정이오鄭以吾　고려 말·조선 초의 문신. 1347~1434년. 시에 재능이 뛰어났으며 저서로는 『교은집(郊隱集)』이 있다.

선탄禪坦　고려 말기의 승려. 생몰년 미상. 시를 잘 지었으며 거문고 연주에도 일가견이 있었다. 특히 사대부들과의 교류가 많았으며, 이제현(李齊賢)과는 각별한 사이였다.

이혜李惠　고려 후기 문신. 생몰년 미상. 당대에 시로 이름이 높았으며, 조선 전기 김종직이 편찬한 『청구풍아(靑丘風雅)』에 그의 시가 보인다.

옥급玉笈과 금단金壇　옥급은 도교(道敎)의 비서(秘書)를 감춘 상자이고 금단은 신선이 사는 곳을 뜻한다. 문집에는 '금과(金科)'로 되어 있으나 문맥상 '금단(金壇)'의 오기인 듯하다.

육정六丁　도교의 신 이름으로 화신(火神)을 가리킨다.

중사中使　궁궐의 내관으로 황제의 명령을 전하기 위해 뽑아 보낸 사자(使者)

칙서勅書　임금이 특정인에게 훈계하거나 알릴 내용을 적은 글이나 문서

김시습의 반란을 물리치고 명성이 높아지다

이때 문천군수文川郡守 김시습*이 뜻을 얻지 못함을 분하게 여겨 조정을 꺾으려 도모하였다. 이에 군국*에 격문*을 보내 말하였다.

지금의 천자는 성품과 자질이 편벽되어 당률唐律만을 좋아하니 지란芝蘭이 여위어 마른 것과 같다. 화락하면서도 아름답고 넉넉하면서도 고귀한 기상은 전혀 찾아볼 수 없다. 그런 까닭에 중앙 요직에 있는 관료들은 모두 맹교*와 가도*처럼 차갑고 메마른 시풍을 지녔고, 지방의 관리들은 소식*과 황정견*처럼 오히려 그 기상이 빼어나다. 이제 나는 예봉銳鋒을 들어 저 마른 잎을 꺾어 버리고, 권세를 쥐고 부리는 학사들을 모두 베어 버릴 것이며, 천자를 바꾸어 버릴 것이다. 하찮고 보잘것없는 이들을 멀리 내쫓고, 우리들이 함께 관

의 먼지를 털고* 벼슬길에 오른다면 왕성히 조정에 서서 드러날 수

있을 것이다.

천자께서는 변란變亂이 일어났다는 소식을 들으시고 근심이 깊어 거의

병이 날 지경에 이르렀다. 결국 경내境內의 백성들을 다 모으고 무고*의

병기兵器를 내어 친히 나아가 토벌하시려 하였다. 이때 대제학大提學 이

색李穡이 천자께 넌지시 아뢰었다.

"바라옵건대 규벽부학사奎璧府學士 심沈 아무개를 보내어 역순逆順의 도

김시습金時習 조선 전기 문인. 1435~1493년. 5세 때 이미 시를 지을 줄 알아 신동(神童)이라는 소문
이 국왕인 세종에게까지 알려져 '오세(五歲)'라는 별호를 얻었다. 21세 때인 1455년(세조 1년) 수양대군
(首陽大君)의 왕위 찬탈 소식을 듣고, 통분하여 보던 책들을 모두 모아 불사른 뒤 스스로 머리를 깎고
승려가 되어 전국 각지를 유랑하였다. 31세(1465년) 때부터 경주의 남산 금오산(金鰲山)에 금오산실(金
鰲山室)을 짓고 칩거하였으며, 저서로는 우리나라 최초의 한문소설로 불리는 『금오신화(金鰲新話)』와 시
문집 『매월당집(梅月堂集)』이 전한다.
군국郡國 천자(天子)에 직속되는 군(郡)과 제후(諸侯)를 분봉(分封)한 국(國). 중국 한(漢)나라에서는 지방
관을 파견하여 통치하는 군과 제후에게 통치를 위임한 국으로 나누어 통치하였다.
격문檄文 사람들을 선동하거나 의분을 고취하려고 쓴 글
맹교孟郊 당나라 호주(湖州) 무강(武康) 사람이다. 성격이 결백하고 분명했으며, 한유(韓愈)와 가깝게 사
귀었다. 시를 잘 지었고 가도(賈島)와 이름을 나란히 해서 '교도(郊島)'라 불렸다. 저서로는 『맹동야시집(孟
東野詩集)』이 있다.
가도賈島 중국 중당(中唐) 때의 시인이다. 북송(北宋)의 시인 소동파(蘇東坡)와 같은 무렵의 시인 맹교(孟郊)
와 더불어 '교한도수(郊寒島瘦)'라는 평을 받았다. 시집으로 『가낭선장강집(賈浪仙長江集)』이 있다.
소식蘇軾 북송 미주(眉州) 미산(眉山) 사람이다. 송나라 최고의 시인이며, 당송팔대가(唐宋八大家)의 한
사람이다. 대표작 「적벽부(赤壁賦)」는 불후의 명작으로 널리 애송되고 있다.
황정견黃庭堅 송나라 홍주(洪州) 분녕(分寧) 사람이다. 시인으로 명성이 높았고, 시사(詩詞)와 문장에 모
두 뛰어났다. 스승 소식(蘇軾)과 함께 송나라를 대표하는 시인이며, 강서시파(江西詩派)의 시조로 꼽힌
다. 저서로는 『예장황선생문집(豫章黃先生文集)』이 있다.
관冠의 먼지를 털고 탄관(彈冠)은 글자 그대로 관의 먼지를 턴다는 뜻으로, 친구의 손을 잡고 벼슬길
에 나설 준비를 한다는 말이다.
무고武庫 고려(高麗)와 조선(朝鮮) 때 병기(兵器) 및 군대(軍隊)의 의장(儀仗) 따위를 만들던 관아. 때에 따
라 '군기감(軍器監)', '기기국(機器局)'으로 고쳐 불렸다.

리로써 적을 밝게 깨우치게 하시면 병기에 피 한 방울 묻히지 않고도 적 스스로 군사를 거두게 할 수 있을 것입니다. 그러니 부디 옥체玉體를 보중하시옵소서."

이에 천자께서 재계*하시고 장단*을 쌓아 나를 대장군大將軍에 임명하셨다. 그러고는 물으셨다.

"장군에게 몇만의 군사를 내어 주면 적을 평정하겠소?"

나는 천자의 명을 듣고 무릎을 치며 탄식하였으며, 이내 충성스런 마음이 꿈틀거려 나도 모르게 큰소리로 장담壯談하였다.

"신이 듣건대, 병장기란 상서롭지 못한 물건이라 하오니, 저는 이를 쓰기를 원치 않사옵니다. 다만 제게 휘파람을 읊조리는 비술秘術이 있어 추운 겨울에도 능히 우레를 일으키고 더운 여름에도 얼음을 만들 수 있으며, 날짐승과 길짐승을 제 마음대로 다루고, 귀신을 삼켰다가 내뱉을 수 있으니, 가히 앉아서도 만 명의 군사를 대적할 수 있습니다."

재계齋戒 종교 의식 따위를 치르기 위해 몸과 마음을 깨끗이 하고 부정(不淨)한 일을 멀리하는 일
장단將壇 대장(大將)을 임명하는 의식을 거행하는 단을 이른다.

이에 천자께서 공경公卿을 거느리시고 북교北郊까지 행차하셨다. 그리고 조장*을 치고 전별연餞別宴을 베풀어 주셨으며, 소매에서 비단 주머니 한 벌을 꺼내시더니 몸에 차라고 하셨다. 내가 감격하여 무릎을 꿇고 말하였다.

"전쟁은 신속한 것을 가장 귀하게 여깁니다. 난적亂賊이 마음을 고쳐먹고 감화되어 천자의 어진 백성으로 돌아오게 할 뿐이니, 어찌 번거롭게 전투를 벌이겠습니까?"

바로 그날 혼자서 말을 타고 길을 떠났는데, 하인은 다만 첨두노* 몇 명뿐이었다. 이틀 길을 하루에 달렸더니 열흘이 채 안 되어 적의 진영陣營에 다다랐다. 병장기가 햇빛에 번쩍번쩍 빛났으며 두 겹, 세 겹으로 에워싸고 있었다.

나는 기운이 고무되어 입술을 크게 벌렸다. 휘파람을 한 번 불자 적들의 사기가 이미 꺾였고, 두 번 불자 만 명의 기병騎兵이 북쪽으로 달아났다. 휘파람 소리가 멀리까지 울려 퍼지자 오색구름이 하늘을 가리고, 난새와 봉황이 어울려 날아올랐으며 바다와 산의 빛이 변하고 천지天地가 뒤흔들렸다. 몇몇 남아 있는 적들도 바람에 휩쓸려 가듯 모두 흩어져 없어졌다. 이에 적장敵將 김시습이 얼굴만 내놓고 두 손을 뒤로 묶어 항복하며 말하였다.

"사단*의 노장老將이신 심공沈公께서 오실 줄은 생각지도 못했습니다."

내가 노포*로 승전勝戰하였음을 아뢰니 천자께서는 크게 기뻐하시며 상賞을 내리셨다. 아울러 좌우를 돌아보며 말씀하셨다.

"예전에 길게 휘파람을 불어 오랑캐 기병을 물리친 일이 있었다고 하던데, 지금 경에게서 그런 일을 보는구려."

그러고는 나에게 '배식사문培植斯文·경륜일시經綸一時·진국공신鎭國功臣'의 호號를 내려 주시고, '안동백安東伯'에 봉하셨으며, 많은 액수의 돈을 상으로 하사하셨다. 김시습은 관직에서 물러나 좌선坐禪 수행修行을 하도록 하였다.

이 일이 있은 후로부터 나의 명성名聲은 나날이 드러나고 천자의 총애가 더욱 두터워졌다. 나는 매일 새벽에 출근하여 밤에 들어오며 마음과 몸을 다 바쳐 나라의 은혜에 보답하려 하였다.

처음 벼슬길에 들어선 후로 이십 년 동안 아들도 낳고 후손도 보아 문벌門閥은 찬란히 빛났으며, 만종록*을 받아 집안 재물은 차고 넘쳤다. 공경 대신 중 명함名銜을 보내 만나기를 청하는 사람이 있을 때면 '신하된 도리로 사사로이 받을 수 없다.'고 거절하였다. 조정의 모든 벼슬아치들은 바람과 이슬을 읊조리며 사치奢侈하는 풍속이 몸에 배어 있었다. 그러니 나와 같이 청렴하고 검소한 사람은 아무래도 뭇사람들의 비난을 듣기 십상이었다.

조장弔帳 먼 길 떠나는 사람을 전송할 때에 전별연을 베풀기 위해 설치하는 장막
첨두노尖頭奴 붓을 하인에 빗대 달리 이르던 말. 북위(北魏)의 고필(古弼)이 총명하여서 태종(太宗)에게 사랑을 받아 필(筆)이라는 이름을 하사받았다. 고필은 머리끝이 뾰족하였으므로 세조(世祖)가 항상 필두(筆頭)라고 불렀다. 어느 날 조서를 내려서 살진 말을 기인(騎人)에게 주라고 하였는데, 고필이 약한 말을 주자 세조가 대로하여 "첨두노가 감히 나의 뜻을 멋대로 재량하다니, 짐이 돌아가면 먼저 이놈을 참수하겠다."라고 하였다. 그 뒤에 붓을 첨두노라고 부르게 되었다. 『위서(魏書)』 권28, 「고필열전(古弼列傳)」
사단詞壇 문단(文壇). 문인들의 사회, 문학계를 말한다.
노포露布 전쟁에 승리하고 대중에게 포고하는 문서. 봉합하지 않고 드러내어 사람마다 보게 하므로 노포라 한다.
만종록萬鍾祿 아주 많은 녹봉을 말한다.

천자가 옥루에서 두공부와 노닐다

나는 평소 우상右相 이규보李奎報의 문장이 부족하다고 여겼다. 하루는 궁궐에 나아가 항소抗訴하였다.

이李 아무개는 문장이 경망스럽고 힘이 없어 뼈가 없는 것 같습니다. 비록 민첩한 솜씨는 귀신과 같지만 귀하게 여길 만한 것은 아닙니다.

나머지는 기록하지 않는다. 천자께서 그 아뢴 것이 옳다고 하시며 나에게 오거서*를 상으로 내려 주셨으며, 특진영경연特進領經筵의 관직을 더하셨다.

규벽부의 뜰에는 탑 하나가 우뚝 솟아 있는데, 옥을 깎고 새겨서 만든 것이다. 높이는 백 층이나 되며 '사단詞壇'이란 현판이 걸려 있다. 내가 그것을 가리키며 말하였다.

"이 단은 마치 태산처럼 높고, 바위도 나무도 전혀 없으니 비록 날쌘 원숭이라도 휘어잡고 오를 수 없을 것이다. 하물며 사람의 힘으로 미칠 수 있겠는가?"

서리胥吏가 말하였다.

"단壇 위에 옥루玉樓가 있는데, 중국의 재사才士들이 가끔씩 서로 오가며 함께 모여 잔치를 베풀고 노닌다 합니다."

하루는 천자께서 조회朝會를 마치신 뒤였는데, 홀연 난새와 학을 탄 두 선녀가 찾아왔다. 그녀들은 스스로를 '조문희*'와 '사자연*'이라 말하고 즉시 천자께 나아가 아뢰었다.

"대당大唐 천자이신 두공부*께서 벗 이백*을 이끌고 사단에 모여 있사옵니다."

멀리서 생황笙簧과 퉁소 소리가 들리는 듯했는데, 탑 위에서 들려오는 소리였다. 우리 천자께서는 대궐에서 나와 조용히 단壇에 이르시더니

오거서五車書 다섯 수레에 가득 실을 만큼 책이 많은 것을 이른다.
조문희曹文姬 북송 때의 명기(名妓)로 붓글씨에 능하여 서선(書仙)이라고 불렸다. 이후 자신을 알아주는 임생(任生)을 만나 함께 구름을 타고 떠나 신선이 되었다고 한다.
사자연謝自然 당나라 때의 여선(女仙). 심의(沈義)가 지은 「몽사자연지(夢謝自然志)」속 등장인물이다.
두공부杜工部 당나라 하남(河南) 공현(鞏縣) 사람으로 본명은 두보(杜甫). 안녹산(安祿山)의 난을 겪으면서 참혹한 민생의 현실을 목격하고 이를 노래한 시와 벼슬아치들의 가렴주구(苛斂誅求)를 고발하는 시를 많이 남겼다. 시성(詩聖) 또는 시사(詩史)라 불렸다. 저서로는 「두공부집(杜工部集)」이 있다.
이백李白 성당(盛唐) 때 농서(隴西) 성기(成紀) 사람이다. 두보(杜甫)와 함께 '이두(李杜)'로 병칭되는 중국 최대의 시인이다. 1,100여 편의 작품이 현전한다. 적선(謫仙), 시선(詩仙)으로도 불렸다. 저서로는 「이태백집(李太白集)」이 전한다.

양손을 맞잡고 거닐다 마치 구름처럼 날아오르셨다. 삼공三公과 대신 몇 사람이 천자를 따라 겨우 중간 층層에 이르렀으나 다리를 벌벌 떨며 두려워하더니 더는 오르지 못하였다. 결국 천자를 시종侍從하는 사람은 한 사람도 없었다.

　밑을 내려다보니 한 서리胥吏가 문사°로써 배우俳優의 우스갯소리를 지어 바지를 걷어 올리고 억지로 올라가려 하였다. 그러나 한 층도 채

오르지 못하고 땅으로 떨어져 다리가 부러졌다. 구경하던 사람들이 손뼉을 치며 웃고는 나아가 누군지 물었더니 곧 사문斯文 이숙함*이었다.

천자께서는 며칠을 옥루에 머물며 한껏 즐기시다가 내려오셔서 말씀하셨다.

"짐은 이하*를 보고 「옥루기玉樓記」를 외게 하고, 왕희지*의 글씨를 청하여 벽 사이에 걸도록 하였노라."

문사文詞 문장에 나타난 말

이숙함李叔瑊 조선 전기 문신. 생몰년 미상. 1464년(세조 10년)에 집현전 대신 문사를 둘 때에 겸예문에 뽑히고, 1466년에는 발영시(拔英試: 세조가 이해 단오에 임시로 문신을 대상으로 시행한 과거)에 2등으로 급제하였다. 1485년에는 서거정(徐居正) 등과 함께 『동국통감』 편찬에 참여하였다. 글씨를 잘 썼다고 한다.

이하李賀 특출한 재능과 초자연적 제재(題材)를 애용하여 '귀재(鬼才)'라는 별칭이 붙었던 중국 중당(中唐) 때의 시인이다. 주요 작품에는 인생에 대한 절망감을 노래한 「장진주(將進酒)」를 비롯 「안문태수행(雁門太守行)」 「소소소(蘇小小)의 노래」 등이 있다.

왕희지王羲之 중국 동진(東晉)의 서예가. 중국 고금(古今)의 첫째가는 서성(書聖)으로 존경받고 있다. 예서(隸書)를 잘 썼고, 당시 아직 성숙하지 못하였던 해·행·초의 3체를 예술적인 서체로 완성한 공적이 있다.

그러고는 흐느끼며 크게 탄식하셨다.

"두천자杜天子는 삼백 편이나 되는 문장이 남아 있고, 천자를 가까이 모신 한유*, 유종원*, 소식, 황정견 등의 문장도 웅장하고 호방하며, 높고 고결하여 짐이 오히려 당하지 못할 정도였노라. 아! 짐의 여러 신하들 중 한 사람이라도 이와 같은 재주를 가진 사람이 있겠는가?"

한유韓愈 당나라 하남(河南) 하양(河陽) 사람이다. 시문에 뛰어나 일가를 이루었다. 시호가 문(文)이라, 한문공(韓文公)으로 불린다. '당송팔대가(唐宋八大家)' 가운데 한 사람이다.
유종원柳宗元 당나라 하동해(河東解) 사람이다. 고문(古文)의 대가로 한유와 병칭되었으며, 「천설(天說)」과 「비국어(非國語)」, 「봉건론(封建論)」 등이 대표작으로 꼽힌다. 또 우언(寓言) 형식을 취한 풍자문(諷刺文)과 산수를 묘사한 산문에 능했다.

탄핵을 받아 인간 세상으로 나오다

며칠이 지나 주강*을 마친 후였다. 천자께서 시름에 잠겨 기뻐하지 않는 낯빛으로 내게 차자* 하나를 보라고 내어 주셨는데, 그것은 한원*의 선생들이 나를 탄핵하는 상소였다.

상소문에는 다음과 같이 쓰여 있었다.

심 아무개는 인간 세상의 찌든 기운을 벗지 못하였는데, 분수에
넘치게 큰 은총을 입었습니다.

주강晝講 낮에 경연(經筵)을 열어 임금이나 세자가 관료들과 함께 경서(經書)의 내용이나 정사(政事)의 득실에 관해 토론하던 일
차자箚子 조선 시대 관료가 일정한 격식을 갖추지 않고 사실만을 간략히 적어 올리던 상소문
한원翰苑 예문관(藝文館)의 별칭인 한림원(翰林院)을 줄여서 부르는 말이다.

나머지는 기록하지 않는다. 천자께서 말씀하셨다.

"한때의 뜬소문을 마음에 담아 무엇하리?"

그러고는 대관선생大觀先生이란 호號를 내리셨다. 아울러 고향으로 돌아갈 것을 명하시고 손수 술 한 잔을 내리시며 말씀하셨다.

"경卿은 물과 나무며 산과 강을 함부로 침범하지 마라. 조물造物이 경을 시기함이 있도다. 경의 아내 옥란玉蘭으로 하여금 집안 살림을 주관하게 하리니, 경은 옛 직책으로 돌아가 칙명*을 기다리라."

나는 머리를 조아리며 천자께 하직 인사를 하였는데, 눈물이 흘러 옷깃을 적시었다. 또 아내를 사모하는 마음에 연연하여 차마 서로 떨어지지 못하였다.

잠시 후 상국相國 이색李穡이 내 등을 어루만지면서 협실夾室로 나를 이끌더니 난탕*에 목욕시키고 금빛 칼로 오장육부五臟六腑를 가른 뒤 갈아놓은 먹물[墨汁] 두어 말을 들이부으며 말하였다.

"사십여 년을 기다리면 다시 이곳에 와 부귀를 함께 누릴 것이니 너무 염려하지 마시게."

배가 찌르는 듯이 아파 문득 잠에서 깨어 보니 배는 북처럼 부풀어 불룩하고, 희미한 등불은 사그라질 듯하였고, 병든 아내는 옆에 누워 끙끙 신음 소리를 내고 있었다.

칙명勅命 임금의 명령. 대명(大命). 주명(主命). 칙령(勅令). 칙지(勅旨), 교지(敎旨)라고도 한다.
난탕蘭湯 향기로운 난초를 넣어서 끓인 물을 가리키는 것으로, 작약(芍藥)의 향기를 난초에 비유하여 이른 말이다.

아! 사람이 세상에 나서 가난하거나 고귀하게 사는 것은 운명에 달린 것이니, 어찌 깨어 있을 때와 꿈꿀 때 모두 다 누릴 수 있겠는가! 괴상한 일이라 꿈속 일을 기록해 두노라.

원생몽유록
元生夢遊錄

단종과 사육신을 기억하다

임제 林悌

원자허가 꿈에
임금과 여섯 신하를 만나다

　세상에 원자허*라는 선비가 있었다. 옳지 못한 일을 보면 의분義憤을 참지 못하는 성격이었으며, 기개가 높고 생각 또한 넓고 깊었다. 그러나 세상 돌아가는 일에 자질구레하게 얽매이지 않았던 까닭에 세상과 잘 어울리지 못했다.

　과거 시험에 여러 차례 떨어지다 보니 나은*의 원한을 품게 되었고, 형편 또한 매우 어려워 원헌*의 가난을 견디기 힘들었다. 이런 상황에서도 아침이면 나가서 밭을 갈고 늦은 밤에 돌아와서는 옛사람의 글을 읽었는데, 가난하여 촛불을 켤 수 없자 벽을 뚫어 이웃집의 불빛을 끌어다 읽기도 하고*, 반딧불이 수십 마리를 주머니에 넣어 그 빛으로 책을 보기도 하는* 등 하지 않은 것이 없었다.

　역사서를 즐겨 읽었는데, 역대 왕조 중 나라가 위태로워 망할 지경에 이르거나 국운國運이 옮겨 가 형세가 꺾이는 대목에 이르면 매번 책을 덮고 눈물을 흘리곤 하였다. 마치 자신이 그 시대에 살면서 나라가 망해 가는 것을 보고도 붙들어 일으킬 힘이 없어 안절부절못하는 듯하였다.

가을이 한창인 어느 날 밤이었다. 이날도 달빛을 따라 책을 읽고 있었는데, 밤이 깊고 정신이 피곤하여 책상에 기댄 채 잠이 들었다. 문득 몸이 가볍게 들리는 듯하더니 이내 이리저리 나부끼며 아득히 날아올랐다. 마치 바람을 타고 오르는 듯 시원하였고, 날개 돋친 신선인 듯 한없이 가벼웠다.

그러다 어느 강기슭에 이르렀는데 긴 강물은 굽이굽이 흐르고 산들은 첩첩으로 연이어 있었다. 때는 한밤중이라 주위가 적막했고, 달빛은 대낮처럼 환하였으며, 달빛이 비친 물결은 새하얀 비단처럼 빛났다. 바

원자허元子虛 몽유록에는 꿈속으로 들어가 과거 역사 인물이나 신선, 염라대왕 등 다른 세계의 존재를 만나 대화를 나누는 인물이 있는데, 그를 '몽유자(夢遊者)'라고 한다. 몽유자 '원자허'의 '자허'는 중국 전한(前漢) 대의 문인(文人)인 사마상여(司馬相如)의 「자허지부(子虛之賦)」에 등장하는 인물을 작가가 차용한 것으로 보인다. 생육신(生六臣) 원호(元昊)의 자(字)가 '자허(子虛)'라는 점을 근거로 '원자허'를 원호의 가탁(假託)으로 보는 연구자도 있다. 하지만 몽유자는 작가 자신을 투영하여 허구적으로 창작한 경우가 일반적이라는 점을 고려할 때, 원자허는 「원생몽유록(元生夢遊錄)」의 작가 임제(林悌)를 가탁한 것으로 보는 것이 적합하다.

나은羅隱 833~909년. 중국 당(唐)나라 사람이다. 재능이 있고 특히 시를 잘 지어 이름이 높았으나, 자부심이 강해 남을 잘 인정하지 않고 풍간(諷諫)하는 일이 많아 과거에서 여러 번 떨어졌다.

원헌原憲 춘추 시대 말기 노(魯)나라 사람이다. 공자의 제자로 의롭지 않은 일을 매우 부끄럽게 여겼으며, 공자가 세상을 떠나자 궁벽한 곳에 가서 살았다.

벽을 뚫어~읽기도 하고 한(漢)나라 때 광형(匡衡)이란 사람은 집안이 가난했지만 공부를 좋아하였는데, 촛불이 없어 글을 읽을 수 없자 벽을 뚫어 이웃집에서 새어 나오는 불빛을 이용하여 글을 읽었다고 한다. 『서경잡기(西京雜記)』에 전한다.

반딧불이 수십~보기도 하는 진(晉)나라 때 차윤(車胤)이란 사람은 학문을 좋아했으나 가난하여 기름을 살 돈이 없었다. 여름이면 수십 마리의 반딧불이를 주머니에 넣어 그 빛으로 책을 보았다 한다. 『몽구(蒙求)』에 전한다.

람은 갈잎을 울리고 이슬은 단풍 숲에 뚝뚝 떨어졌다. 쓸쓸히 주위를 둘러보니 천만 가지의 원한과 울분, 불평한 기운이 서로 엉기어 풀리지 않는 듯 스산하였다. 이에 '휘익' 하고 휘파람을 길게 불고서는 시를 한 수 읊조렸다.

> 한 서린 강 물결은 목메어 흐르지 못하고
> 갈대꽃 단풍잎엔 찬바람만 우수수 부네.
> 분명 이곳은 장사[*]의 기슭인 듯한데
> 달 밝은 이 밤 영령英靈은 어디서 노니는가?

읊기를 마치고 주위를 두리번거리며 이리저리 서성이는데, 문득 발자국 소리가 멀리서부터 점점 가까이 들려오는 듯하였다. 얼마 후 갈대꽃이 무성하게 자란 곳에서 한 남자가 불쑥 모습을 드러냈는데, 씩씩하고 쾌활하게 생긴 사내였다. 복건[*]을 쓰고 야복[*]을 입었으며, 기상이 맑고 얼굴이 빼어나게 아름다워 수양산首陽山 백이·숙제[*]의 늠름한 기풍氣風이 느껴졌다. 그 사람이 앞으로 다가와 공손히 인사하며 말했다.

장사長沙 중국(中國) 호남성(湖南省) 동북부의 도시
복건幅巾 검은 천으로 만든 관모
야복野服 야인(野人)이 입는 옷
백이伯夷·숙제叔齊 은(殷)나라 고죽국(孤竹國)의 왕자인 백이와 숙제는 아버지의 뜻과 형제간의 의리를 중시하여 서로 왕위를 사양하였다. 그 무렵 주(周)나라 무왕(武王)이 은(殷)나라의 주왕(紂王)을 정벌하려 하자 백이와 숙제는 무왕의 말고삐를 부여잡고 군신지간의 의리를 들어 만류하였다. 그러나 결국 주왕조가 세워지자, 주나라의 곡식 먹기를 부끄럽게 여긴 두 사람은 수양산으로 들어가 고사리를 캐 먹고 지내다가 굶어 죽었다. 이후 이들은 맑고 깨끗한 절의를 지닌 선비로 크게 칭송받았다.

"자허子虛는 어찌 이리 더디 오십니까? 우리 임금께서 기다리고 계십니다."

자허는 그가 산귀신이나 나무도깨비일지도 모른다는 생각에 깜짝 놀라 아무런 대꾸도 하지 못했다. 그러나 생김새가 매우 준수하고 몸가짐이 품위 있어 자기도 모르게 속으로 탄복하였다.

이에 조금 뒤처져서 어깨를 나란히 하고 따르며* 백여 걸음쯤 가니, 강가에 우뚝 솟은 정자가 하나 보였다. 어떤 사람이 난간에 기대 비스듬히 앉아 있었는데 옷차림으로 보아 임금과 같았다. 그 곁에는 다섯 사람이 모시고 섰는데, 모두 대부*의 옷차림이었으며 관직에 따라 차등이 있었다. 다섯 사람은 모두 세상에 드문 호걸로, 기상과 태도가 당당하고 풍채가 늠름하였다. 가슴속에는 말고삐를 부여잡고 바다에 뛰어들 의리*를 품었고, 뱃속에는 하늘을 떠받치고 해를 받드는 충성*을 간직했으니, 참으로 세상에서 말하는, '어린 임금을 부탁하고 나라의 운명을 맡길 만한*' 사람들이었다.

다섯 사람은 자허가 정자 가까이 이르자 모두 나와서 맞이하였다. 자허는 다섯 사람에게 예를 갖춰 인사하기 전에 우선 들어가 임금께 배알* 하였다. 그런 뒤 물러나와 서서 모두 자리에 앉기를 기다렸다가 맨 끝자리에 꿇어앉았다. 자허의 오른쪽에는 복건을 쓴 사람이 앉았고, 그 윗자리에 다섯 사람이 차례대로 앉았다. 자허는 일이 돌아가는 상황을 통 알 수 없어 몹시 불안하였다.

임금*이 말하였다.

"그대의 고결한 명성을 들은 지 오래이며, 하늘까지 잇닿은 높은 의리*를 깊이 사모하여 왔소. 이 좋은 밤 뜻밖에 그대를 만났으니, 의아하게 생각지 마시오."

이에 자허가 자리에서 일어나 감사의 인사를 하였다. 다시 자리에 앉자 고금의 흥하고 망한 역사에 관한 토론이 쉼 없이 이어져 흥미진진하였다.

조금 뒤처져서~하고 따르며　견수(肩隨)는 윗사람과 함께 걸어갈 때 예를 갖추는 의미에서 약간 뒤에 떨어져서 따라가는 것을 말한다. 수견(隨肩)이라고도 한다.

대부大夫　조선 시대에 정1품에서 종4품까지의 벼슬 품계에 붙이던 칭호

말고삐를 부여잡고 바다에 뛰어들 의리　백이·숙제의 의리와 노중련(魯仲連)의 절개에 얽힌 고사. 전국(戰國) 시대 제(齊)나라의 고사(高士)인 노중련이 조(趙)나라에 가 있을 때 진(秦)나라 군대가 조나라의 서울인 한단(邯鄲)을 포위하였다. 이때 조나라를 구원하러 간 위(魏)나라 장군 신원연(新垣衍)이 조나라 임금에게 진나라 임금을 황제로 섬기면 포위를 풀 것이라고 하였다. 이에 노중련이 "진나라가 방자하게 천자를 참칭(僭稱)한다면 나는 동해에 빠져 죽겠다."라고 말하였다고 한다. 『사기(史記)』 권83, 「노중련열전(魯仲連傳)」

하늘을 떠받치고 해를 받드는 충성　송(宋)나라가 망할 때에 황태후인 가씨(賈氏)가 하늘에서 해가 떨어지는 것을 어떤 선비가 받아서 받들고 있는 꿈을 꾸었다. 깨어서 꿈에 보았던 선비 육수부(陸秀夫)를 등용했는데, 과연 육수부는 원(元)나라 군사에 쫓기면서도 여덟 살의 어린 황제를 모시고 충성을 다하다가 최후에는 그 어린 황제를 업고 물로 뛰어들어 같이 죽었다고 한다. '경천(擎天)'과 '봉일(奉日)'은 모두 나라의 커다란 재목, 중대한 임무를 담당할 만한 인재를 비유하는 말로 쓰인다.

어린 임금을~맡길 만한　「논어(論語)」에 "증자가 말하기를 '육 척의 어린 임금을 맡길 만하고, 백 리 되는 나라의 운명을 위임할 만하며, 대절에 임해서 그 절개를 빼앗을 수 없다면 군자다운 사람인가? 군자다운 사람이다(曾子曰 可以託六尺之孤 可以寄百里之命 臨大節而不可奪也 君子人與 君子人也).' 하였다."라는 내용이 나온다. 『논어(論語)』「태백(泰伯)」

배알拜謁　지위가 높거나 존경하는 사람을 찾아가 뵙는 것을 말한다.

임금　조선 제6대 왕인 단종을 말한다. 열두 살에 임금의 자리에 올랐으나 그 숙부(叔父)인 수양대군(首陽大君)에게 왕위(王位)를 빼앗겨 노산군(魯山君)으로 강봉(降封)되어 강원도 영월로 추방되었다가 죽음을 당했다. 죽은 지 200년 뒤인 숙종(肅宗) 때 왕위를 추복(追復)하여 묘호를 단종(端宗)이라 하였다.

하늘까지 잇닿은 높은 의리　"주나라가 쇠해지매 풍류가 더욱 드러나서, 굴평과 송옥은 맑은 근원을 앞에서 인도하고, 가의와 상여는 향기로운 자취를 뒤에서 떨치어, 뛰어난 문장은 금석을 윤택케 하고, 높은 의리는 하늘에 가닿았다(周室旣衰 風流彌著 屈平宋玉導淸源於前 賈誼相如振芳塵於後 英辭潤金石 高義薄雲天)."라고 한 데서 온 말로, 문장 가운데 표현한 의리가 매우 고상했음을 의미한다. 『송서(宋書)』「사영운전(謝靈雲傳)」

복건자가 요순탕무의 죄를 논하다

이때 복건을 쓴 사람*이 흐느끼며 탄식하였다.

"요임금*, 순임금*, 탕왕*, 무왕*은 모두 역사에 길이 남을 죄인입니다. 후세에 간사한 계교計巧로 임금의 자리를 물려받은 자들이 요임금과 순임금을 내세워 의지하였고, 신하로서 임금을 친 자들은 탕왕과 무왕을 명분名分으로 삼았습니다. 천 년의 세월 동안 그러한 풍조가 도도히 이어져 마침내 막을 수가 없게 되었으니, 아아, 네 임금이야말로 도적盜賊의 효시*입니다."

말을 미처 마치기도 전에 왕이 정색하며 말했다.

"어허, 이 무슨 말인가? 네 임금의 성스러운 덕德을 갖추고서 네 임금의 시대와 같은 상황에 처한다면 옳지만, 네 임금의 성스러운 덕을 지니지도 못하고 네 임금의 시대와 같은 상황이 아니라면 옳지 않으니,

저 네 임금에게야 무슨 죄가 있겠는가? 다만 네 임금을 빙자憑藉하고 명분으로 삼는 자들이 도적일 뿐이니라."

이에 복건을 쓴 사람이 손을 이마에 대고 머리를 조아려 절하며 사죄하였다.

"마음이 평안하지 않아 저도 모르게 감정이 북받쳐 말이 지나쳤습니다."

임금이 말하였다.

"그만 되었다. 귀한 손님도 자리에 있는데 굳이 다른 일은 논할 것 없느니라. 오늘 밤은 달도 밝고 바람도 맑으니, 이렇게 좋은 밤을 어찌 그

복건을 쓴 사람[幅巾者] 조선 시대 생육신의 한 사람인 남효온(1454~1492년)을 말한다. 김종직(金宗直)의 문인으로, 1478년(성종 9년) 성종이 여러 신하들에게 직언을 구하자, 25세의 나이로 장문의 소(疏)를 올려 문종의 비 현덕왕후(顯德王后)의 능인 소릉(昭陵)을 복위할 것 등을 주창하였다. 또한 단종 복위를 도모하다 죽은 여섯 신하의 사적을 「육신전(六臣傳)」으로 펴냈다.

요堯임금 태평성대를 상징하는 중국 고대의 성왕(聖王). 오제(五帝)의 하나인 제곡(帝嚳)의 손자로 제위에 오르자 당시 효행으로 이름이 높았던 순(舜)을 등용하여 천하의 정치를 맡겼다.

순舜임금 태평성대를 상징하는 중국 고대의 성왕(聖王). 순의 어머니가 일찍 죽자 그의 아버지는 후처를 얻었다. 순은 계모와 이복동생 상(象)의 미움을 받았으나 효행의 도를 다하였다. 천자(天子) 요가 순의 평판을 듣고 자신의 두 딸인 아황(娥皇)과 여영(女英)을 순에게 출가시켰다. 요가 죽은 뒤 순이 제위에 올랐으며, 순에게는 상균(商均)이란 아들이 있었으나 현명하지 못해 제위를 우(禹)에게 이양했다.

탕왕湯王 중국 은(殷)나라를 창건한 왕. 하(夏)나라 걸왕(桀王)이 포악한 정치를 펼치자 제후들이 탕에게 복종하였다. 탕왕은 걸왕을 유융(有娀)과 명조(鳴條)에서 격파, 박(亳)에 도읍하여 국호를 상(商)이라 정하고, 제도와 전례(典禮)를 정비하여 13년 동안 다스렸다. 탕왕은 이상적인 군주로 유자들의 존경을 받았으나 신하로서 무력을 동원해 군주를 몰아내고 새 왕조를 세운 행동이 정당한가에 대한 끊임없는 논란에 휩싸였다.

무왕武王 중국 주(周)나라를 건국한 왕. 기원전 1050년 무렵부터 아버지 희창(姬昌)의 뒤를 이어 관중(關中) 평야에 중심지를 둔 주족(周族)을 이끌었다. 상(商)나라 말기 주왕(紂王)의 폭정으로 백성들의 원성이 높아지자 무왕은 서쪽의 제후들을 규합해 주왕을 토벌, 상나라를 멸망시키고 주나라를 건국했다. 무왕의 사후 아버지 문왕(文王)과 함께 성왕(聖王)으로 추앙받았으나 탕왕과 마찬가지로 무력을 동원한 역성혁명의 정당성에 대한 논란에 휩싸였다.

효시嚆矢 어떤 사물이나 현상이 시작되어 나온 맨 처음을 비유적으로 이르는 말이다. 전쟁을 시작할 때 우는 화살을 쏘아 그 신호로 삼은 데서 유래하였다고 한다. 『장자(莊子)』「재유편(在宥篇)」

냥 보낼 수 있겠는가?"

이에 임금이 금포*를 벗어 주며 강촌에 가서 술을 사 오게 하였다.

금포錦袍 비단으로 만든 도포나 두루마기

임금과 신하들이
깊은 원한을 시로 읊다

얼마 후 술이 몇 순배* 돌자 임금이 술잔을 잡고 목메어 흐느끼면서 여섯 사람을 돌아보고 말하였다.

"경*들은 각자 자신의 뜻을 말하여 깊은 원한을 펴 보지 않겠는가?"

여섯 사람이 말하였다.

"전하께서 먼저 노래를 지으시면 신들이 그 뒤를 잇겠습니다.*"

그러자 임금이 쓸쓸히 옷깃을 여미고 슬픔을 감추지 못하며 노래하였다.

순배巡杯 술자리에서 술잔을 차례로 돌림. 또는 그 술잔
경卿 임금이 2품 이상의 신하를 가리키던 이인칭 대명사
먼저 노래를~뒤를 잇겠습니다 순임금과 고요(皐陶)가 서로 노래를 창화(唱和)한 데서 온 말로, 임금의 시에 신하가 화답(和答)하여 이어 부르는 것을 일컫는다.

강 물결의 흐느낌 끝없이 이어지고

길고도 긴 나의 한恨 저 강물과 같구나.

살아서는 임금이나 죽어서는 외로운 혼백이니

왕망*은 거짓 임금이요 의제*는 거짓 높임이라.

고국의 신하와 백성들은 다 항우*의 손에 들어가고

예닐곱 신하만이 함께하니 혼魂이 그나마 의탁할 곳 있도다.

오늘 밤은 어떤 밤인가? 강가 누각樓閣에 함께 오르니

물결 빛과 달빛이 내 마음 시름에 젖게 하누나.

한 가락 슬픈 노래 부르니 천지天地가 아득하여라.

왕망王莽 중국 전한(前漢) 말의 정치가이며, 신(新)나라(8~23년)의 건국자. 평제를 독살하고 두 살 난 유영(劉嬰: 宣帝의 현손)을 임금으로 세운 뒤 섭정을 하였다. 당시 유행하던 오행참위설(五行讖緯說)을 이용하여 결국 유영을 몰아내고 국호를 신(新)으로 고쳐 스스로 황제가 됨으로써 선양(禪讓)에 성공한다. 이 시에서는 단종을 상왕으로 추대하고 왕위에 오른 수양대군, 곧 세조를 가리킨다.

의제義帝 전국 시대(戰國時代) 말기 진(秦)에 억류(抑留)되었다가 죽은 초(楚) 회왕(懷王. ?~기원전 296년)의 후손으로, 이름은 심(心)이다. 기원전 208년 항우가 초나라를 다시 세운 뒤 의제로 높여 반진(反秦) 세력의 상징적인 맹주(盟主) 역할을 하였으나 2년 뒤 항우에게 살해되었다. 이 시에서는 수양대군에게 왕위를 내주고 상왕에서 쫓겨나 노산군으로 강등되었다가 유배지 영월에서 죽은 단종을 가리킨다.

항우項羽 기원전 232~기원전 202년. 이름은 적(籍), 우(羽)는 자이다. 진나라 말 전국이 혼란한 때 초나라 회왕의 손자 심(心)을 추대하여 봉기한 뒤 진(秦)나라를 멸망시키고 스스로 서초패왕(西楚覇王)이 되어 팽성(彭城)에 도읍하였다. 이후 회왕을 의제라 높여 침현(郴縣)으로 내몬 뒤 도중에 암살하였다. 이 시에서는 단종의 왕위를 찬탈한 세조[수양대군]를 가리킨다.

절구絶句 근체시(近體詩)에 속하는 한시 형식의 하나이다. 1구의 자수에 따라 5언, 7언의 구별이 있는데, 1구 5자인 경우 오언절구, 1구 7자인 경우는 칠언절구라 한다.

첫째 자리에 앉은 사람 사육신의 한 사람인 박팽년(朴彭年. 1417~1456년)을 말한다. 1455년 세조가 임금의 자리를 물려받고 얼마 후 박팽년은 충청도 관찰사가 되어 지방으로 내려갔다. 그는 조정에 보고할 때 '신(臣)'이라 지칭하지 않고 단지 '아무 관직의 아무개'라고만 적으며 세조를 왕으로 인정하지 않았으나 조정에서는 이를 눈치 채지 못하였다. 이듬 해 중앙으로 복귀한 뒤 성삼문, 하위지 등과 단종 복위를 도모하였으나 김질의 배신으로 일이 탄로 나 심한 고문 끝에 옥중에서 죽었다.

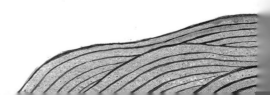

노래가 끝나자, 다섯 사람이 각자 절구° 한 편씩을 차례대로 읊었다.
먼저 첫째 자리에 앉은 사람°이 시를 읊었다.

어린 임금 맡을* 만한 재주 없음을 원통해하나니
왕위 바뀌어 임금 욕보이고* 내 목숨도 잃었구나.
지금도 돌아보면 하늘과 땅 앞에 부끄러우니
그때 일찍 스스로 도모치 못함을 후회하노라.*

이어서 둘째 자리에 앉은 사람*이 시를 읊었다.

선왕先王의 고명*을 받아 크나큰 은총 입었으니
나라 위태로운 때 감히 이 한 몸 바침을 아끼랴.
가련하다! 일은 어그러졌는데 이름 오히려 빛나니
의를 취하고 인仁을 이룸은 부자가 똑같네.*

셋째 자리에 앉은 사람*이 나아가 시를 읊었다.

굳건한 절개를 어찌 벼슬로 더럽히랴*
금장*을 차고 있어도 고사리 캘 마음*뿐이네.
쇠잔한 이 한 몸 죽는 것이야 애석할 것 없으나
그때 의제께서 침 땅에 계심*을 통곡하노라.

넷째 자리에 앉은 사람*이 시를 지어 읊었다.

한미한 몸이나 본시 높고 큰 담력 지녔으니

어찌 구차히 살겠다고 패륜悖倫을 못 본 척하랴.

어린 임금 맡을 탁고(托孤)란 어버이가 없는 어린아이의 뒷일을 믿을 만한 사람에게 부탁한다는 뜻으로, 문종이 병환이 나자 박팽년 등 집현전 학사들을 불러들여 어린 단종을 부탁한 뒤 술을 내린 일을 말한다.

왕위王位 바뀌어 임금 욕보이고 세조는 1455년 단종에게 임금의 자리를 물려받는 형식으로 왕위에 올랐으나 사실상 강요에 의한 찬탈이었다. 상왕이 된 단종은 수강궁(壽康宮)으로 옮겨 살았다.

그때 일찍~못함을 후회하노라 집현전 학사 출신 성삼문, 박팽년, 하위지, 이개, 유성원 등의 문관과 무관 유응부, 성승, 박쟁 등이 단종을 복위시킬 거사를 처음 모의한 것은 1455년(세조 1년) 10월경으로, 책명사(冊命使)인 명나라 사신이 조선에 오겠다고 통고한 이후부터였다. 1456년(세조 2년) 6월 1일 창덕궁에서 명나라 사신 초대 연회 때 거사를 실행하기로 결정하였으나 이날 장소가 협소하단 이유로 성승, 유응부, 박쟁이 임금을 호위하는 별운검(別雲劍)으로 참여하지 못하게 되자 거사를 뒤로 미뤘다. 이후 김질의 밀고로 관련자들은 모두 처형되었다. 이때 거사를 그대로 진행하자는 의견이 있었으나 박팽년, 성삼문 등이 미루자고 주장하였는데, 그때의 일을 후회한다는 것이다.

둘째 자리에 앉은 사람 사육신의 한 사람인 성삼문(成三問, 1418~1456년)을 말한다. 1455년 수양대군이 단종을 위협, 선위(禪位)를 강요할 때, 그가 국새(國璽)를 끌어안고 통곡하니 수양대군이 그를 차갑게 노려보았다고 한다. 이후 아버지 성승, 박중림, 박팽년, 유응부 등과 단종 복위를 계획하였으나 일이 발각되어 모의자들이 모두 잡혀갔다. 그는 모진 고문을 당하면서도 조금도 굴하지 않고 세조의 불의를 나무라고 또한 세종과 문종의 당부를 배신한 신숙주의 불충을 크게 꾸짖었다. 그달 8일 아버지 승과 이개, 하위지, 유응부 등과 함께 군기감 앞에서 능지처사(凌遲處死)를 당하였다.

고명顧命 임금이 신하에게 유언(遺言)으로 뒷일을 부탁하는 것을 말한다.

의義를 취하고~부자가 똑같네 성삼문과 그의 아버지 성승(成勝, ?~1456년)이 함께 단종 복위를 도모하다 처형된 일을 말한다.

셋째 자리에 앉은 사람 사육신의 한 사람인 하위지(河緯地, 1412~1456년)를 말한다. 1453년(단종 1년) 수양대군이 김종서를 죽이고 영의정이 되자 조복을 던져 버리고 선산에 퇴거하였다. 1456년(세조 2년) 단종 복위 계획이 탄로 나 성삼문, 박팽년 등과 함께 처형되었다.

굳건한 절개를 어찌 벼슬로 더럽히랴 하위지는 세조 즉위 후 예조참판 벼슬을 하였으나 그의 본뜻은 단종을 위하는 일에 있었음을 말한다. 그는 세조의 녹(祿)을 먹는 것을 부끄럽게 여겨 세조 즉위 후부터의 봉록은 따로 한 방에 쌓아 두고 먹지 않았다고 한다.

금장金章 높은 벼슬아치가 사용하는 금으로 만든 인장(印章)

고사리 캘 마음 백이와 숙제는 주나라의 곡식 먹기를 거부하고 수양산에 들어가 고사리를 캐 먹으며 숨어 살다가 굶어 죽었다. 여기서는 백이·숙제가 지닌 굳은 절개를 의미한다.

의제義帝께서 침郴 땅에 계심 침은 중국 호남성 침현(郴縣). 항우는 스스로 서초패왕이 된 뒤 회왕(懷王)을 의제(義帝)라 높여 침현으로 옮겨 살해했다. 이 시에서는 단종이 영월에 유폐되었다가 죽음을 당한 것을 가리킨다.

넷째 자리에 앉은 사람 사육신의 한 사람인 이개(李塏, 1417~1456년)를 말한다. 1450년(문종 즉위년) 문종이 어린 왕세자를 위해 서연(書筵)을 열어 사(師)·빈(賓)의 상견례를 행할 때 이개는 문종으로부터 세자를 잘 지도해 달라는 간곡한 부탁을 받았다. 1453년(단종 1년) 수양대군(首陽大君)이 단종을 보좌하던 황보인(皇甫仁)·김종서(金宗瑞) 등을 살해하고 정권을 쥐자 사직을 청하였으나 허락되지 않았다. 1456년 6월 단종 복위 계획이 발각되어 성삼문, 박팽년 등과 함께 처형되었다.

죽음 앞두고 한 편의 시 남겼으니*
두 마음 품은 자들 가히 부끄럽지 않겠는가.

다섯째 자리에 앉은 사람*이 물러나 엎드려 슬피 목 놓아 우는데, 마치 자기의 할 도리를 다하지 못해 그런 듯이 보였다. 이에 시를 읊었다.

슬프고 슬프도다 그날의 뜻 어떠했던가
죽음이 있을 뿐 죽은 뒤 명예를 논하여 무엇하리.
천 년이 흘러도 씻지 못할 가장 큰 부끄러움은
집현전에서 정난의 공 표창하는 조서詔書 쓴 일*이네.

복건을 쓴 사람이 손을 맞잡고 단정히 앉아 있는데, 마치 그때 함께 일을 꾀하지는 않았어도 오히려 충성스러운 울분이 복받쳐 절개와 의리로서 한 몸을 마치려는 듯한 모습이었다. 이내 머리를 긁적이며 길게 시를 읊조렸다.

눈 들어 산하를 둘러보니 예전과 다르도다
신정*에서 함께 초나라 죄수*의 슬픔 느끼네.
흥망興亡에 마음이 놀라고 애간장 찢어지는데
충심을 저버린 간악함에 분한 눈물만 흐르네.
율리* 맑은 바람에 원량*은 늙어가고
수양산 찬 달빛에 백이伯夷는 굶주리네.

후세에 전할 만한 야사[•] 한 편을 지어내어

천 년이 흘러도 응당 선악善惡의 스승 되리라.

시를 다 읊자 자허의 차례가 되었다. 자허는 본래 강개慷慨한 사람이라 이내 눈물을 닦고 구슬피 읊조렸다.

지난 일 누구에게 물어볼까

황량한 산에 무덤 하나뿐이네.

죽음 앞두고~시 남겼으니 단종 복위 모의에 참여한 이개 역시 성삼문 등과 함께 거열형(車裂刑)을 당하였다. 수레에 실려 형장으로 갈 때 이개는 다음과 같은 시를 지었다고 한다. "우임금의 솥처럼 중할 때엔 삶도 또한 크거니와, 기러기 털처럼 가벼운 데선 죽음 또한 영광일세. 새벽녘까지 잠들지 못하다 중문을 나서니, 현릉의 송백이 꿈속에 푸르구나(禹鼎重時生亦大, 鴻毛輕處死猶榮. 明發未寐出門去, 顯陵松柏夢中靑)."

다섯째 자리에 앉은 사람 사육신의 한 사람인 유성원(柳誠源, ?~1456년)을 말한다. 1450년(문종 즉위년) 문종이 어린 왕세자를 위해 서연(書筵)을 열어 사(師)·빈(賓)의 상견례를 행할 때 유성원은 문종으로부터 세자를 잘 지도해 달라는 간곡한 부탁을 받았다. 1456년 단종 복위 계획이 발각되어 성삼문 등이 차례로 잡혀가자 그는 성균관에 있다가 칼을 뽑아 자결하였다.

정난靖難의 공~쓴 일 1453년(단종 1년) 수양대군이 영의정 황보인, 좌의정 김종서 등을 살해하고 정권을 잡은 뒤 백관들을 시켜 자기의 공을 주나라 주공(周公)에 비견해 임금에게 포상하기를 청하고, 집현전에 명해 정난녹훈(靖難錄勳)의 교서(敎書)를 쓰도록 하였다. 이때 집현전 학사들이 모두 도망하였는데, 집현전 교리였던 유성원이 혼자 남아 있다가 협박을 당해 조서를 쓰고는 집에 돌아와서 통곡했다고 한다.

신정新亭 진(晉)나라가 강동(江東)으로 쫓겨 가 옮긴 곳의 정자(亭子)를 말한다. 어느 날 왕도(王導)와 주의(周顗) 등 여러 사람이 이곳에 나와 노닐다 술이 거나해지자 "풍경은 다르지 않은데, 눈을 들어 보니 산하의 다름이 있구나(風景不殊 擧目 有山河之異)."라 하며 서로 보고 울었다 한다.

초나라 죄수 초수(楚囚)는 초나라 포로로 타국에 억류되어 고향으로 돌아가지 못하는 죄수를 말한다.

율리栗里 진(晉)의 도연명(陶淵明, 365~427년)이 은거하던 곳의 지명

원량元亮 도연명은 중국 동진(東晉) 말기부터 남조(南朝)의 송대(宋代) 초기에 걸쳐 생존한 중국의 대표 시인이다. 일설에는 이름이 연명(淵明)이고, 자가 원량이라고도 한다. 문 앞에 버드나무 다섯 그루를 심어 놓고 오류선생(五柳先生)이라 자호했으며, 전원으로 돌아가 자연의 섭리에 따라 살겠다는 뜻을 담은 「귀거래사(歸去來辭)」를 지었다.

야사野史 남효온이 지은 사육신의 전기인 「육신전(六臣傳)」을 말한다.

한이 깊은 정위새*는 죽고
넋이 끊긴 두견새는 시름겹네.
고국에는 어느 때나 돌아갈까
오늘은 강가 누각에서 노니네.
슬프고 처량하다 몇 곡조의 노래여
쇠잔한 달빛에 갈대꽃 핀 가을이라.

옮기를 마치자 자리에 있던 사람들이 모두 처연히 눈물을 흘렸다.

얼마 지나지 않아 갑자기 용맹한 무사* 한 사람이 뛰어들었는데, 키가 보통사람보다 훨씬 컸으며 영특하고 용맹한 기백은 견줄 사람이 없어 보였다. 얼굴은 잘 익은 대춧빛처럼 붉었고 눈은 샛별처럼 빛났다. 문산*의 의리와 중자*의 청렴함을 두루 갖추었으며 위풍威風이 늠름하여 공경하는 마음이 저도 모르게 일어났다. 그 사람이 들어와 임금께 배알한 뒤 다섯 사람을 돌아보며 말하였다.

"아! 썩은 선비들과는 큰일을 이룰 수가 없구나.*"

그러고는 일어나 칼을 뽑아 춤추며 비분강개悲憤慷慨하여 슬픈 노래를 불렀는데, 그 소리는 큰 종이 울리는 듯하였다.

정위새 정위(精衛)는 신화 속 새 이름. 염제(炎帝)의 딸이 동해(東海)로 놀러갔다가 바다에 파도가 일어 그만 빠져 죽고 말았는데 그 영혼이 정위로 변했다고 한다. 정위는 알록달록한 머리에 하얀 부리, 빨간색의 다리를 갖고 있었으며 북쪽 발구산(發鳩山)에 살았는데, 자신의 생명을 앗아간 바다를 원망하며 서산(西山)의 작은 돌맹이와 나뭇가지들을 물어다가 동해에 던져 그 넓은 바다를 메우려고 했다고 한다. 『산해경(山海經)』

용맹한 무사 사육신의 한 사람인 유응부(兪應孚. ?~1456년)를 말한다. 1456년(세조 2년) 창덕궁에서 명나라 사신을 초청하여 연회를 베푸는 날 유응부와 성승 등은 임금의 호위무사인 별운검(別雲劒)으로 참석하여 그 자리에서 세조를 살해하고 단종을 복위시킬 계획을 세웠으나 일이 탄로 나 성승, 성삼문, 하위지, 박쟁 등과 함께 군기감 앞에서 능지처사(凌遲處死)를 당하였다.

문산文山 중국 남송(南宋)의 충신 문천상(文天祥)의 호. 송나라가 원나라에 항복하자 공제(恭帝)의 명으로 원나라로 가서 강화를 청하였다. 원나라 총수 백안(伯顏)에게 항론하다 구류되었는데, 그사이 송나라는 멸망하였다. 포로가 되어 북송(北送)되던 중 도망하여 복건성에 주둔하고 있던 탁종(度宗)의 장자 익왕(益王)을 받들었으며, 잔병(殘兵)을 모아 싸웠으나 광동성(廣東省) 오파령(五坡岭)전투에서 다시 체포되었다. 북경으로 송치되어 3년간 감옥에 갇혔다. 원 세조가 그의 재능을 아껴 벼슬을 권하였으나 끝내 거절하여 사형되었다.

중자仲子 중국 전국 시대 제(齊)나라의 청렴한 처사 진중자(陳仲子)를 말한다. 그는 형이 만종(萬鍾)의 녹을 받는 것이 의롭지 못하다 하여 먹지 않고, 초(楚)나라 오릉(五陵)에 가서 살았기 때문에 오릉중자(五陵仲子)로도 불렸다. 초나라 임금이 재상으로 삼으려 하였으나 아내와 달아나 평생 청렴하게 살았다.

가을바람 우수수 부니

나뭇잎 지고 물결 차가워라.

큰 칼 어루만지며 길게 휘파람 부니

북두성 이미 기울었네.

살아서는 충과 효를 온전히 했고

죽어서는 굳센 넋 되었구나.

이내 가슴속 어떠한가

둥그런 밝은 달 같다네.

아! 시작부터 신중하지 못했으니

썩은 선비들 누구를 책망하리오.

노래가 미처 끝나지도 않았는데, 달빛은 어두컴컴하고 구름은 시름에 잠겼으며, 빗방울은 눈물이 쏟아지듯 흩뿌리고, 바람은 탄식하듯 한숨 소리를 내며 불었다. 그러더니 요란한 천둥소리 한 번에 모든 것이 홀연 흩어져 버렸다. 자허 또한 깜짝 놀라 깨어 보니 한바탕 꿈이었다.

썩은 선비들과는~수가 없구나 1456년(세조 2년) 6월 1일, 창덕궁에서 명나라 사신 초대 연회 때 장소가 협소하단 이유로 세조가 운검을 세우지 말라 명하고, 세자도 질병 때문에 연회장에 나오지 않자 성삼문과 박팽년은 단종 복위 거사를 미루자고 하였다. 이때 유응부는 기회를 놓쳐서는 안 된다고 주장하였으나 결국 거사는 중지되었다. 마침내 일이 발각되어 모두 끌려와 국문을 받게 되었을 때, 유응부는 성삼문 등을 돌아보며 "사람들이 서생과는 함께 일을 모의할 수 없다더니 과연 그렇구나. 지난번 사신을 초청해 연회하던 날 내가 칼을 사용하려고 했는데, 그대들이 굳이 말리면서 '만전의 계책이 아니오.' 하더니, 오늘의 화를 초래하고야 말았구나. 그대들처럼 꾀와 수단이 없으면 무엇에 쓰겠는가!" 라 말하고는 끝내 굴복하지 않고 죽었다.

자허의 벗 해월거사가
하늘의 뜻을 묻다

자허의 벗 해월거사*는 꿈 이야기를 다 듣고 서럽게 울며 말하였다.

"무릇 예로부터 임금이 어둡고 신하가 어리석어 마침내 나라를 망치는 경우에 이른 일이 많았다네. 지금 그 임금을 보니 생각건대 현명한 임금이 틀림없고, 그 여섯 사람도 모두 충성스럽고 의로운 신하라 할 만하네. 이들과 같은 충의의 신하가 이처럼 현명한 임금을 보필하였는데 어찌 이토록 참혹한 일이 있을 수 있단 말인가? 아아! 형세가 그렇게 만든 것인가? 시운時運이 그렇게 한 것인가? 그렇다면 시운과 형세의 탓으로 돌리지 않을 수 없을 뿐만 아니라 하늘의 뜻으로 돌리지 않

해월거사海月居士 '해월'은 바다 위에 뜬 달이란 뜻으로, 몽유자 '자허'의 벗으로 작가가 허구적으로 만든 인물이다. 해월(海月)이란 호를 쓴 조선 중기의 문신 황여일(黃汝一, 1556~?)로 보는 연구자도 있으나 '자허'가 가상의 인물이듯 자허의 벗 역시 가상의 인물로 보는 것이 적합하다.

을 수 없네. 하늘의 뜻으로 돌린다면 착한 사람이 복을 받고 악한 사람이 재앙을 받는 것이 하늘의 도리가 아니던가? 무릇 하늘의 뜻으로 돌릴 수 없다면 어둡고 막막하여 그 이치를 설명하기 어려우니, 이 아득한 우주宇宙에 다만 뜻있는 선비의 한恨만 더할 따름이로세."

곧이어 율시* 한 편을 읊었다.

만고萬古에 슬프고 처량한 마음뿐

긴 하늘에 새 한 마리 지나가누나.

차디찬 안개 동작대* 에워싸고

가을 풀은 장화궁* 뒤덮었네.

아아! 요순은 아득히 멀기만 한데

탕무는 어지러이 많기도 하구나.*

달 밝고 상수*는 드넓은데

「죽지가」* 노랫소리 시름겹구나.

그러고는 스스로 시를 풀이하여 주었다.

"세상에 부귀영화를 바라는 사람이 예나 지금이나 얼마나 많겠는가? 그러나 대개 시운과 형세에 얽매이고, 또한 명분과 의리로 보아 범할 수 없는 경우가 있으니 이것이야말로 크게 두려워할 만한 일이네. 만일 명분과 의리의 막중함을 헤아리지 않고 한갓 시운과 형세만을 점쳐 꾀와 힘으로 이기려 든다면 역적이 되어 나라를 훔치는 길로 들어서지 않을 자 극히 드물 것이네. 명분과 의리는 만고불변의 떳떳한 도리이며,

시운과 형세는 한때의 권도*일 뿐이니, 권도만을 행하고 떳떳한 도리를 따르지 않는다면 나라를 어지럽히는 불충한 무리가 장차 꼬리를 물고 일어날 것인즉, 어찌 더욱 두렵지 않겠는가?"

이 말을 듣고 자허가 말하였다.

"참으로 옳은 말씀이네."

이에 자허가 이야기의 처음부터 끝까지를 자세히 기록하였다.

율시律詩 4운 8구로 된 근체시로 한시 형식의 하나이다. 1구의 자수에 따라 5언, 7언의 구별이 있는데, 1구 5자인 경우 오언율시, 1구 7자인 경우 칠언율시라 한다.

동작대銅雀臺 중국 한나라 말 건안 15년(210년)에 조조(曹操)가 업성(鄴城) 서북쪽에 지은 누대(樓臺)

장화궁章華宮 중국 초(楚)나라의 영왕(靈王)이 기원전 535년을 전후해 완성했다고 전하는 별궁(別宮)

탕무는 어지러이 많기도 하구나 예로부터 탕왕과 무왕의 명분을 등에 업고 왕위를 찬탈한 경우가 많음을 가리킨다.

상수湘水 중국 남부에서 동정호(洞庭湖)로 흘러드는 강. 상강(湘江). 순임금이 남쪽을 순수(巡狩)하다 창오산(蒼梧山)에서 승하하자, 그의 두 비(妃)인 아황(娥皇)과 여영(女英)이 슬피 울며 이 강에 빠져 죽었다.

죽지가竹枝歌 악부시(樂府詩)의 일종으로 죽지란 원래 파유(巴腴) 지역 일대에 유포된 민가(民歌)를 말한다. 순임금이 죽은 뒤 아황과 여영이 대나무에 피눈물을 흘리며 서러워하다가 마침내 상수(湘水)에 빠져 죽자 이후 지역민들은 두 여인을 상수의 신(神)으로 받들어 상군(湘君) 혹은 상부인(湘夫人)이라고 일컬었다. 그 뒤 동정호 일대에 처량하고 원망 어린 노래가 생겨났는데, 그 노래가 상부인의 사정을 기리는 것이라 하여 죽지라고 명명하였다. 죽지라는 민가를 죽지사라는 작품 양식으로 재정비한 사람은 당나라 유우석(劉禹錫)으로, 기주자사(夔州刺使)로 있을 때 건평(建平) 지역 아녀자들의 노래를 채집하여 새로운 노래 가사를 지었다.

권도權道 특수하고 예외적인 상황에서 임시적인 정당성을 가지는 행위규범. 유학(儒學)에서 권도는 불변하는 상도(常道), 즉 경상(經常)에 대해 상대적인 성격을 지닌다.

달천몽유록
達川夢遊錄

임진왜란 때 전사한 장수들의
충절을 기억하다

윤계선 尹繼善

파담자가 달천에서
탄금대 전투를 회상하다

만력 경자년® 음력 2월, 파담자®는 대궐 서청®에서 숙직하며 여러 날을 지냈다. 동이 틀 무렵 승정원承政院에서 임금의 명을 받아 시종신® 다섯 사람에게 봉서®를 전하며 여러 도읍都邑을 암행暗行하라 지시하였다. 파담자도 명을 받은 사람 중 하나였다. 한강변에 있는 숙소에 다들 모여 임금께서 내리신 서찰書札을 열어 보았는데, 파담자가 암행할 곳은 호서® 지방이었다.

여러 고을을 두루 돌아다니다 충주忠州에 도착하였다. 나그네로 객지를 떠돈 지도 어느새 삼 개월이 흘렀다. 봄바람이 따스하게 불어오고 달천®의 물 맑게 흐르는데, 무더기로 쌓인 뼈는 아직도 허옇게 널려 있고, 향기로운 풀은 해마다 더욱 푸르게 돋아났다. 구 년이란 세월이 흐르는 동안 싸움터는 이미 폐허가 되어 들쥐와 산의 여우는 해가 떠오르면 숨어 버리고, 굶주린 까마귀와 성난 솔개는 사람을 보면 시끄럽게 울어댔다.

여윈 말을 천천히 몰면서 파담자는 묵묵히 전란* 당시를 생각해 보았다. 일반 백성의 집에서 선발되거나 훈련받은 병사들은 공을 세워 관직에 오르기 위해 자원하기도 하고, 석호*와 같은 가혹한 관리에게 징발당하기도 하였으리라. 그러고는 허리에 활을 차고 등에 화살을 지고 전쟁터에 나가 갑옷을 입고 꽹과리를 쳤으리라. 그러나 날카로운 무기를 품고 제대로 한번 싸워 보지도 못했으니 장군*의 책략 없음이 분하도다. 속수무책束手無策으로 적敵을 맞아 목을 길게 빼고 칼을 받았으니 원한이 가슴속에 가득하구나.

만력萬曆 경자년更子年 1600년(선조 33년). 만력은 중국 명나라 제13대 황제인 신종(神宗) 주익균(朱翊鈞)의 연호. 사용 기간은 1573~1620년이다.
파담자坡潭子 파담(坡潭)은 작가 윤계선의 호
서청西淸 대궐 안의 맑고 조용한 곳으로 보통 관각(館閣)을 뜻한다. 관각은 조선 시대에 홍문관, 예문관, 규장각을 통틀어 이르던 말로, 당시 윤계선은 사헌부 지평에 있었다.
시종신侍從臣 조선 시대에 홍문관의 옥당(玉堂), 사헌부나 사간원의 대간(臺諫), 예문관의 검열(檢閱), 승정원의 주서(注書)를 통틀어 이르던 말이다.
봉서封書 임금이 종친(宗親)이나 근신(近臣)에게 내리던 사사로운 편지
호서湖西 충청남도와 충청북도를 아울러 이르는 말이다.
달천達川 충청북도 보은군 속리산에서 발원하여 괴산군을 거쳐 충주시로 흘러드는 하천이다. '달천'의 한자 표기는 '㒒川' 또는 '達川'이 예전부터 혼용되었으나 『동국여지승람(東國輿地勝覽)』과 현재의 지명을 고려하여 '達川'을 따른다.
전란 1592년 임진왜란 때 조선군과 왜군이 충주에서 벌인 탄금대 전투를 말한다.
석호石壕 중국 당(唐)나라 시인 두보(杜甫)가 지은 「석호리(石壕吏)」에서 유래한 말이다. 당(唐) 현종(玄宗) 때 안녹산(安祿山)의 난을 평정하기 위해 조정에서는 남정(男丁)들을 모두 징발해 가고 심지어 나이든 사람까지도 마구 전쟁터로 내몰았다. 이때 하남성(河南省) 석호촌에 유숙하고 있던 두보는, 아들 삼 형제가 모두 전쟁터로 끌려가고 늙은 남편마저 징발하러 온 관리들에게 차라리 자신이 전장으로 나가 새벽밥이라도 짓겠다며 호소하는 한 노부(老婦)의 말을 듣고 「석호리」라는 시를 지었다. 여기서는 병사를 징발하러 온 가혹한 관리를 의미한다.
장군 탄금대 전투를 이끈 주장(主將) 신립(申砬, 1546~1592년)을 말한다.

헛되이 죽은 영혼들은 모래와 벌레가 되고, 원숭이와 학이 되었으니* 그렇게 죽은 이들이 몇천만 명인지 알 수가 없도다. 분한 기운은 위로 맺혀 진운*이 어둡게 깔리고 원통한 소리는 아래로 흘러 강물이 오열하며 흐르는구나. 아! 어찌 이다지도 마음 아프고 보기에도 처참한가.

생각이 여기에 이르자 비통한 마음에 서글피 읊조리고, 의기가 북받쳐 시詩 세 편을 연이어 지었다. 먼저 절구*를 지어 읊었다.

> 싸움터의 꽃다운 풀은 몇 번이나 새로 돋았나
> 향기로운 규방에선 여전히 꿈속 사람 그리네.*
> 비바람 불어오는 한식날에
> 이끼 낀 해골은 또 지는 봄을 맞는구나.

다음 율시*를 지어 읊었다.

> 까마귀와 솔개 다 날아가고 물새도 깃들이니
> 해 떨어진 모래벌판에 가는 길 희미하여라.
> 당시를 돌이켜 생각하니 그저 답답하기만 한데
> 꽃다운 풀 또 무성히 돋아난 것을 어이 차마 보겠는가.
> 쇠 갑옷이 강물 메워 금탄*강은 목메어 울고
> 썩은 뼈는 들판에 가득 쌓여 월악산*이 오히려 낮구나.
> 누가 장군의 명예 일찍 드러나게 하였던가?
> 수레와 말을 이끌고 외람되이 서쪽을 정벌하게 한 일 후회스럽네.*

또 고시*를 지어 읊었다.

동으로는 죽령*, 남으로는 조령*

충주는 우리나라 요해처를 홀로 차지하였네.

누가 들판에 운조진*을 치게 하였던가?

듣자니 장군이 밤중에 명을 내렸다네.

모래와 벌레가~학이 되었으니 주(周)나라 목왕(穆王)의 남정(南征) 때 군대가 전멸하였는데, 군자는
원숭이와 학이 되고 소인은 벌레와 모래가 되었다는 원학사충(猿鶴沙蟲)의 설화가 전한다.

진운陣雲 충충으로 두텁게 쌓여서 마치 전진(戰陣)처럼 보이는 구름. 옛사람들은 이것을 전쟁의 조짐
으로 여겼다.

절구絶句 기, 승, 전, 결 4구로 된 근체시로 한시 형식의 하나이다. 1구의 자수에 따라 5언, 7언의 구
별이 있는데, 1구 5자인 경우 오언절구, 1구 7자인 경우는 칠언절구라 한다.

향기로운 규방에선~사람 그리네 전쟁터에 나가 죽은 남편을 아내가 한없이 그리워하여 꿈속에서나
만난다는 의미이다.

율시律詩 4운 8구로 된 근체시로 한시 형식의 하나이다. 1구의 자수에 따라 5언, 7언의 구별이 있는
데, 1구 5자인 경우 오언율시, 1구 7자인 경우 칠언율시라 한다.

금탄琴灘 충주 탄금대 주변의 남한강 유역을 가리키는 지명. 금탄(金灘)이라고도 한다.

월악산月岳山 충북 충주시·제천시·단양군와 경북 문경시에 걸쳐 있는 산

누가 장군의~일 후회스럽네 신립은 22세에 무과에 급제한 뒤 선전관·도총관 등의 벼슬을 거쳐
1583년 온성부사에 임명되었으며, 이때 이탕개(尼湯介)가 거느린 1만여 군대의 여진족 침입을 물리치
는 전승을 거두었다. 신립의 용맹은 여진족이 모두 감복할 정도였기에 조정에서는 신립을 함경도북병
사에 임명하였다. 이후로도 왜구와 북방 오랑캐 침입을 여러 차례 토벌하는 공을 세워 평안도 병마절
도사, 한성부판윤에 올랐다. 이러한 명성과 공을 바탕으로 1592년 임진왜란 때 삼도순변사에 임명되
고, 결국 탄금대 전투에서 패전하게 된 것이므로 신립의 명성과 공이 후회스럽다는 말이다.

고시古詩 중국 당나라 때 발생한 근체시 이전의 시를 통칭하는 것으로, 자수(字數)나 구수(句數)의 제한
이 없다.

죽령竹嶺 경상북도 영주시 풍기읍과 충청북도 단양군 사이에 위치한 고개. 일명 죽령재·대재라고도
한다.

조령鳥嶺 경상북도 문경시 문경읍과 충청북도 괴산군 사이에 위치한 고개. 일명 새재라고 불렸으며,
길이 험해 요해처로 꼽았다.

운조진雲鳥陣 강태공(姜太公)이 지은 『육도삼략(六韜三略)』에 나오는 진(陣)의 하나. 구름처럼 모였다가
새처럼 흩어지듯 신출귀몰하게 변화하는 진법(陣法)이라는 뜻이다. 여기서는 신립이 탄금대에 배수진
을 친 것을 말한다.

배수진 친 공도 없이 일만 군사 속수무책이니

회음후*가 천 년 뒤의 사람을 그르쳤네.

임금*의 수레 서쪽으로 피란 간 줄도 모르고

달천 강변의 백골은 말없이 썩어 가네.

뼈가 이미 썩은 것은 아깝지 않지만

다만 우리 임금의 의식을 허비한 게 한스럽도다.

맨몸으로 황하를 건너는* 필부의 용맹은 써 보지도 못했건만

우습다. 사람들은 만인을 대적할 장수*라 칭찬하네.

회음후淮陰侯 중국 한(漢)나라 초의 대장군 한신(韓信)의 봉호(封號)이다. 한신은 한고조 유방(劉邦)이 제
위에 오르기 2년 전(204년), 불과 2만의 군사로 배수진을 쳐 그 열 배인 조나라를 제압하는 데 성공하
였다. 그러나 신립은 같은 전술인 배수진을 사용했으나 적에게 크게 패하였다.

임금 조선 제14대 왕 선조(宣祖)를 말한다. 재위 1567~1608년. 선조는 4월 29일 신립의 충주 방어
선이 붕괴되었다는 소식을 듣고 곧바로 도성을 버리고 평안도로 서행(西行)하였다.

맨몸으로 황하를 건너는 빙하(憑河)는 배도 없이 맨몸으로 황하를 건넌다는 뜻으로, 무모한 용기를
말한다.

만인을 대적할 장수 만인적(萬人敵)은 혼자서 많은 수의 적과 대항할 만한 지혜와 용기를 갖춘 사람이
란 뜻으로, 여기서는 신립의 명성이 유명무실함을 이른다.

꿈에 죽은 병사들이
울부짖는 소리를 듣다

파담자는 호서에서 돌아와 백성의 사정을 두루 살핀 일을 임금께 고하였다. 그로부터 몇 달 뒤 화산* 현령으로 나가게 되었다. 고을도 한가롭고 처리할 공문서도 많지 않아 그날은 선인先人이 남긴 글을 펼쳐보고 있었다. 어느덧 변방 성곽 위로 달이 솟아오르고, 동헌*은 고요하여 풍경 소리도 들리지 않았다.

맑은 밤이 점점 깊어 갈 즈음 베개에 의지하여 잠을 청하였다. 비몽사몽간에 커다란 나비 한 마리가 나풀나풀 날아오더니* 파담자를 인도

화산花山 황해도 옹진군 북면 화산동리에 있는 산. 윤계선은 1600년 여름에 사헌부 지평으로 입대(入對)하여 당시 좌의정인 완성상(完城相) 이헌국(李憲國)을 배척하는 진언(進言)을 하였다가 임금의 노여움을 사 옹진 현령(甕津縣令)으로 좌천되었다.
동헌東軒 지방 관아에서 고을 수령 등이 공무를 처리하던 건물

하듯 앞으로 나아갔다. 눈 깜짝할 사이에 산을 넘고 강을 건너 문득 한 곳에 이르렀다. 구름과 안개는 슬픔을 머금었고, 바위틈 시냇물은 원한을 쏟아내는 듯하였다. 날짐승과 들짐승은 모두 깃들일 곳을 찾아들었고, 고개 들어 바라보아도 사람은 전혀 보이지 않았다. 어디로 가야 할지 몰라 혼자 이리저리 돌아다니다 나무에 기대어 깊은 생각에 빠져들었다.

얼마 뒤 난데없이 성난 바람이 휘몰아치더니 살기殺氣가 온 들에 가득하고 천지가 칠흑같이 어두워져 아주 가까운 곳조차도 분간할 수 없었다. 그때 한 무리의 사람들이 횃불을 들고 멀리서부터 가까이 오는 것이 보였는데, 수많은 장정들이 시끄럽게 떠드는 소리가 점점 가까이 들려왔다. 파담자는 정신을 집중하려 애쓰면서 한동안 가만히 서 있었는데, 몸이 으쓱하고 머리털이 다 쭈뼛해졌다. 급히 덤불숲 속으로 몸을 피해 그들이 하는 행동을 엿보았다.

장정들은 서로 쫓고 따르며 부르짖었는데 겨우 그 형체만 구별할 수 있었다. 어떤 이는 머리가 없고, 어떤 이는 오른팔이 잘렸거나 왼팔이 잘렸으며, 어떤 이는 왼발이 잘리고 어떤 이는 오른발이 잘렸다. 또 어떤 이는 허리는 있으나 다리가 없고, 어떤 이는 다리는 있으나 허리가

비몽사몽간에 커다란~나풀나풀 날아오더니 『장자(莊子)』「제물론(齊物論)」에 "예전에 장주가 꿈에 나비가 되었다. 나풀나풀 날아가는 나비가 되어 스스로 뜻에 잘 맞는다고 생각하며 자신이 장주인 줄을 몰랐다. 얼마 뒤에 꿈에서 깨니 뻣뻣한 장주였다. 장주가 꿈에 나비가 되었던 것인지 나비가 꿈에 장주가 된 것인지 알 수 없었다(昔者莊周夢爲胡蝶 栩栩然胡蝶也 自喩適志與 不知周也 俄然覺 則蘧蘧然周也 不知周之夢爲胡蝶與 胡蝶之夢爲周與)."라는 이야기가 나온다. 몽유록에서 나비는 꿈유자를 꿈속 인물에게로 인도하는 매개자 역할을 한다.

없었다. 또 배가 팽팽하여 비틀거리는 자도 있었는데, 아마 물에 빠져 죽은 듯했다. 어떤 이는 머리카락을 온통 풀어헤쳐 얼굴이 보이지 않았으며, 비린내 나는 피로 범벅된 두 팔과 두 다리는 끔찍해서 차마 볼 수가 없었다. 그들이 하늘에 호소하여 한바탕 울부짖고 가슴을 치며 통곡하니 산악이 흔들리고 흐르던 강물도 멎는 듯했다.

이윽고 구름이 흩어지고 달이 높이 떠오르니 온갖 소리가 고요히 잦아들었다. 흰 이슬이 서리가 되어 푸르게 우거진 갈대 위에 내리자 춥고 적막한 들판이 하얀 비단을 빨아서 널어 놓은 듯하였다. 귀신들이 눈물을 닦고 말하였다.

"하늘이 무너지고 땅이 갈라져도 이 원한은 끝이 없으리. 달 밝고 바람 맑으니 이렇게 좋은 밤을 어찌 그저 보내겠는가? 한바탕 이야기나 나누며 오늘 밤이 다하도록 지새우세."

그러더니 한목소리로 노래를 불렀다.

생전에 이미 쓰이지 못했는데
죽은 뒤 무슨 일을 하겠는가.
나를 낳아 준 이는 부모인데
나를 죽인 자는 그 누구인가?
길러 주신 임금의 은혜는 깊고
나라의 일은 위급하여라.
대장부 한 번 죽는 것이야
아까울 것 있으랴.

한스러운 건 장군의 경솔한 말이니

어찌 이 지경에 이르렀는가.

노래가 끝나자 여러 귀신들이 팔꿈치를 가까이하고 모여 앉아 서로 이야기를 나누었다.

"늙으신 부모님께 맛있는 음식은 누가 드릴까? 규방의 어여쁜 아내는 원망의 눈물만 부질없이 흘리겠지. 내가 죽었다는 말을 얼마쯤 믿으면서도 한편으로는 의심하다가 안장을 얹은 말이 혼자 돌아오는 것을 보고서야 가정을 꾸리고 살지 못할 줄 알고, 그저 지전*을 태우며 나의 혼을 불렀겠지. 이런 생각을 하다 보면 가슴이 답답하고 우울하지 않을 수가 없다네."

그중 한 귀신이 희미하게 웃으며 말하였다.

"무엇하러 그리 구차하게 일일이 말하는가? 이 사이에 인간세계에서 온 손님이 몰래 엿듣고 있지 않은가?"

파담자는 자신이 엿보는 것을 그들이 이미 눈치챘음을 알고 급히 달려 나가 인사를 하였다. 귀신들도 일제히 일어나 정중히 인사하며 말하였다.

"그대는 지난번에 이곳을 지나가셨던 분이 아니십니까? 그때 남겨 주신 시는 우리들이 삼가 잘 받았습니다. 그 고시와 율시는 풍자하는

지전紙錢 돈 모양으로 오린 종이. 죽은 사람이 저승 가는 길에 편히 가라고 노자(路資)로 관 속에 넣거나 상여 등에 꽂아 준다.

뜻이 매우 깊고, 절구는 몹시 슬프고 처량하여 차마 읽을 수 없을 정도였으니, 참으로 귀신을 울리는 시*란 바로 이를 두고 이르는 말인 듯합니다. 오늘 밤이 어떤 밤이기에 운 좋게 군자를 만나게 되었는지 모르겠습니다. 뜬구름 같은 지난 일들을 세세히 다 말할 수는 없으나 그중 한두 가지는 말할 만한 것이 있으니, 그대가 듣고서 세상에 전해 주신다면 정말 다행이겠습니다."

그러고는 곧 그날의 일을 털어놓았다.

귀신을 울리는 시 중국 당나라 두보(杜甫)의 시 중 「이백에게 부치다(寄李十二白)」에, "붓 내려 쓰면 비바람을 놀래키고, 시를 이루면 귀신을 울리도다(筆落驚風雨 詩成泣鬼神)."란 구절이 보이는데, 여기서는 파담자의 시가 매우 훌륭함을 칭찬한 것이다.

신립 장군은 어째서 탄금대에
배수진을 쳤단 말입니까?

"장수는 삼군三軍의 운명을 맡은 이요, 병사는 장수 한 사람의 지휘에 따를 뿐이니 만일 장수가 어질고 현명하지 않으면 반드시 일을 그르치는 법입니다. 충주는 지형이 험난하여 싸우면 반드시 승리하는 땅이니 실로 남쪽 지방의 요충지要衝地요, 조령은 하늘이 내린 웅장한 요새지며, 죽령은 험하고 단단하여 충분히 믿을 만한 곳입니다. '한 사람이 관문을 지키면 일만 병사가 공격해도 열지 못한다*'는 촉도*보다 더 험난하고, '백 사람이 요새를 지키면 천 사람으로도 뚫고 지나가지 못한다*'

한 사람이~열지 못한다 이백(李白)의 「촉도난(蜀道難)」에 "검각이 험난하게 우뚝 솟아 버티고 있으니, 한 사나이가 관문을 지키면 만 명이 공격해도 열지 못할 것이다(劍閣崢嶸崔嵬 一夫當關 萬夫莫開)."라는 표현이 나온다. 즉, 지형이 험난하여 적은 병력으로도 굳게 지킬 수 있는 요새를 말한다.
촉도蜀道 중국 사천성(四川省)의 촉(蜀) 지방으로 통하는 험난한 길

는 정형구*만큼이나 위험한 곳이 바로 이 지역입니다. 나무를 베어서 목책木柵을 세우고 돌을 쪼개 석거*를 배치하였다면 북방의 군사가 어떻게 날아서 건너올 수 있으며*, 남풍의 생기 없는 소리가 어찌 이곳까지 실려 올 수 있겠습니까?* 편안히 앉아 지친 적을 기다리는 것이니 장수와 병사는 베개를 높이 베고서 편히 쉴 수 있으며, 주인이 되어 손님을 제압하는 것이니 우리의 승리와 적의 패배는 명백했을 것입니다.

아! 안타까운 것은 신공申公[신립]이 이러한 계책을 내놓지 않고 그 위엄을 내세워 남의 말은 듣지도 않고 자기 뜻대로 일을 결정한 것입니다. 김종사*의 건의가 어찌 근거가 없었겠으며, 이순변*의 말도 참으로 타당했건만, 신공은 귀 담아 듣지 않고 감히 제 억측만으로 판단하였습니다. 그러면서 신공이 말했습니다.

'배에서 내린 적敵은 거위나 오리처럼 걷기가 어렵고, 이틀 길을 하루에 달려온 적은 개나 돼지처럼 아무런 계책이 없을 것이니, 평평하고 너른 들판에서 단 한 번 군사를 움직이는 것만으로도 모조리 격퇴할 수 있을 것이다. 무엇하러 높은 산 험난한 고개에서 군사를 두 길로 나누어 지키는 계책*을 쓴단 말인가?'

마침내 탄금대彈琴臺로 군사를 옮기고는 용추* 물가에 척후병斥候兵을 보내 몰래 적의 동태를 정탐하게 하였습니다. '세 번 다섯 번 거듭 자세히 명령하여* 북을 치고, 오위*의 군사에게 재갈을 물리며*, 아무 까닭 없이 군사를 놀라게 한 자를 베는 것'은 손자孫子의 병법이요, '죽을 지경에 놓여야만 마침내 살 수 있다는 것'은 한신韓信의 기이한 계책이지만, 신공이 이 병법과 계책을 쓴 것은 거문고의 기둥을 아교阿膠로 굳게 붙이고 거문고를 뜯는 격이요, 나무그루만 바라보며 토끼 오기를 기다리는* 격이라 할 수 있습니다. 척후병 김효원을 죽이고, 안민安敏을 목 벤 일*도 본래 이런 데서 비롯된 것입니다. 결국 씩씩한 젊은이는 핏덩이가 되고 굳센 병사는 고기밥이 되었으니 이 얼마나 참혹한 일입

백 사람이~지나가지 못한다 한(漢)나라 회음후(淮陰侯) 한신(韓信)이 장이(張耳)와 함께 불과 수만의 병력으로 그 열 배가 넘는 조(趙)나라 군사를 정형구에서 물리친 고사가 있다.

정형구井陘口 중국 하북성(河北省) 정형현 북쪽의 정형산에 있는 요새. 사면은 높고 중앙은 낮아 마치 우물 같기 때문에 붙여진 이름이다. 형세가 험난하기로 유명한 곳이다.

석거石車 돌을 발사하여 적을 공격하는 포차(砲車)

북방의 군사가~수 있으며 지형이 험난해 왜적이 쉽게 공격하지 못할 것이라는 말이다. 남조 시대 진(陳)나라의 공범(孔範)이 "장강이라는 천연의 참호가 옛날부터 남과 북을 가로막고 있으니, 오랑캐 군사가 어떻게 날아서 건너올 수 있겠는가(長江天塹 古來限隔 虜軍豈能飛渡)."라고 말한 고사가 있다.

남풍南風의 생기~수 있겠습니까? 왜적이 쳐들어와도 소용이 없을 것이라는 말이다. 춘추 시대 진(晉)나라 사광(師曠)이 초나라 군사가 동원되었다는 말을 듣고는 "남방의 노래는 활기가 없어서 죽어 가는 소리가 많으니, 초나라 군사는 필시 아무 공도 거두지 못할 것이다(南風不競 多死聲 楚必無功)."라고 평한 고사가 있다.

김종사金從事 신립의 종사관(從事官) 김여물(金汝岉)을 말한다. 김여물은 "적은 군대로 왜적의 대군을 방어하려면 마땅히 지형이 험한 새재의 양쪽 기슭에 복병을 배치하여 공격하여야 한다."라고 하였으나 신립은 그 말에 따르지 않고 "이곳에서는 기병(騎兵)을 쓸 수 없으니 마땅히 평원에서 일전해야 한다."라고 주장하며 탄금대로 진을 옮겨 싸우다가 결국 참패했다.

이순변李巡邊 경상도 순변사 이일(李鎰)을 말한다. 이일은 임진왜란 때 상주에서 왜적을 맞아 싸우다가 패하여 충주로 후퇴하였다. 이때 신립이 적의 형세를 묻자, 이일은 왜군의 병력이 대적할 수 없을 정도로 대군(大軍)이므로 험준한 곳을 점거하여 왜적을 막지 못할 바에는 차라리 후퇴해 서울을 지키는 게 낫다고 답하였다.

두 길로 나누어 지키는 계책 김여물 등이 조령과 죽령을 점거하여 왜적을 막자고 말한 계책을 이른다.

용추龍湫 경북 문경의 조령에 있는 지명 이름. 사면의 벽과 바닥이 바위로 된 폭포로 유명하다.

세 번~자세히 명령하여 삼령오신(三令五申)은 세 번 호령하고 다섯 번 거듭 말한다는 뜻으로 군대에서 자세히 명령함을 뜻한다.

오위五衛 조선 중기 중앙군의 기간을 이룬 5위도총부(五衛都摠府)를 말한다. 중위(中衛)인 의흥위(義興衛), 좌위(左衛)인 용양위(龍驤衛), 우위(右衛)인 호분위(虎賁衛), 전위(前衛)인 충좌위(忠佐衛), 후위(後衛)인 충무위(忠武衛) 등의 체제를 갖추었다. 여기서는 신립의 지휘하는 군대를 말한다.

재갈을 물리며 군사들이 행군할 때 떠들지 못하도록 가는 막대기를 입에 물리는 것을 말한다.

거문고의 기둥을~오기를 기다리는 고지식하여 조금도 융통성이 없음을 말한다.

김효원金孝元을 죽이고~벤 일 충주에서 왜적에 대비하던 신립은 척후장 김효원과 안민을 조령 쪽으로 보내 적의 동태를 살펴보게 하였는데, 이들이 돌아와 "적병이 벌써 쳐들어왔다."라고 말하자 군중을 놀라게 하였다고 신립이 그들의 목을 벤 일이 있다.

니까?

더욱 가소로운 것은 군사들이 서릿발 서린 큰 칼과 햇빛에 번쩍이는 긴 창을 휘둘러 불꽃을 일으키고, 몸을 솟구쳐 내달리며 성난 함성을 지르고 있는데, 별안간 진법陣法을 바꾸고는 징을 치고 깃발을 눕혀 군사를 물리니, 그 당당하고 정연하던 형세가 구름같이 흔들리고 새처럼 흩어져 씩씩하고 용감하던 군사들이 자꾸 뒤를 돌아보며 달아날 궁리만 하게 된 것입니다. 마침내 관문을 뛰어넘고 수레의 멍에를 옆에 끼고 달릴 만한 용력勇力과 쇠뇌*를 당기고 쇠뿔을 뽑을 만한 힘을 지닌 병사들이 끝내 왜적에게 짓밟혀 피투성이로 쓰러지고 말았으니, 당시의 일을 어찌 차마 말하리오?

장수는 있는 힘을 다해 잘 싸웠는데 병사가 실력을 발휘하지 못한 것이라면 우리들의 목이 베어졌다 한들 어찌하겠습니까? 세상에 다시없을 뛰어난 재주를 지니고서 세상에 없는 큰 공을 세웠다 하더니, 우리가 이러한 죽음을 당한 것은 어째서입니까?"

말을 마친 그 사람은 근심스런 낯빛으로 눈물을 비 오듯이 흘렸다.

쇠뇌 쇠로 된 발사 장치가 달린 활. 여러 개의 화살을 연달아 쏘는 형태도 있고 긴 창을 화살 삼아 쏘는 형태도 있다. 활보다 더 멀리 쏠 수 있고, 살상력이 더 강한 무기이다.

내가 패전한 까닭은
하늘이 도와주지 않았기 때문이오

잠시 후 실의에 가득 찬 한 장부丈夫[신립]가 얼굴 가득 부끄러운 빛을 띠고 고개를 숙인 채 서성거렸다. 한동안 발을 옮기려다 머뭇거리고 입을 떼려다 우물쭈물하며 있다가는 마침내 인사하며 말하였다.

"고아가 된 자식들과 과부가 된 아내들의 원망이 모두 내 한 몸에 모였군요. 제가 비록 죄를 지은 몸이나 오늘 그대들의 말에 대해 어찌 변명이 없을 수 있으리오?

저는 본래 장수의 후손後孫이요, 귀한 가문 출신입니다. 어려서부터 소를 삼킬 듯한 기상을 지녔으며 말달리기를 좋아하는 성격이었지요. 장수는 삼대를 연이어 지내서는 안 된다*는 선인의 경계警戒를 무릅쓰고 홀로 만인을 대적할 병법兵法을 배웠습니다. 무과武科에도 합격하였는데 비록 용호방*에 장원壯元으로 이름을 올리지는 못했으나 백 보 밖의 버드나무 잎을 뚫을 정도로 활을 잘 쏘아 참으로 이광*의 신묘한 재주를 이어받았다고 할 만하였습니다. 이러한 저의 재주가 총명하신 임금께 잘못 알려져 외람되이 임금의 은혜를 입고 변방을 지키는 장수가 되었습니다.

북쪽의 오랑캐가 보잘것없는 힘을 믿고 함부로 침입했을 때*는 서쪽 관문關門에 우뚝 성城을 쌓고, 번개가 내리치듯 한 칼로 적을 깨끗이 씻어 버렸으며, 천둥이 소리치듯 삼군三軍을 움직여 적의 소굴에서 승전고를 울렸습니다. 마치 오吳나라 강동의 아이들이 장요張遼의 이름에 울음을 그치고*, 북쪽 변방의 말이 이목李牧의 위엄에 눌려 두려워하며 감히 나아가지 못하였던 것* 같았지요. 제가 세운 공功은 적었으나 보답이 매우 두터웠으며*, 지위가 높아지니 자못 득의만만하였습니다. 이 강 저 강을 누비며 금띠를 허리에 찼으며*, 내직內職에 임명되어 임금을 가까이 모시게 되자 임금께서 기뻐하셨습니다.

그러던 중 변방邊防에 전란이 일어나고 봉화烽火가 석 달이나 계속되자 임금께서 손수 수레바퀴를 밀어 주시며* 저를 장수로 임명하셨습니다. 전쟁터에서 죽겠다는 각오를 하고 어전御前에서 간절히 아뢰니 임금께서 감동하시어 일선 장수들을 통솔할 권한을 전적으로 제게 맡기셨습니다. 왜적을 훤히 꿰뚫고 있고, 군대 운영을 제 맘대로 할 수 있어 어려운 싸움이 아니라 생각하였습니다. 처음에는 적장敵將의 항복을 받을 생각만 하였지 문을 열어 도적을 끌어들인 줄은 깨닫지 못했습니다. 자기 의견만 고집하면 작아진다는 옛사람의 가르침을 잊어버렸고, 적을 업신여기면 반드시 패하는 법인데, 저야말로 마복군의 아들 조괄*

과 같은 잘못을 저질렀습니다.

하지만 어찌 사람만의 잘못이겠습니까? 하늘 역시 도와주지 않았습니다. 어리진*을 미처 펼치기도 전에 왜적이 선수를 쳤고, '먼저 북산

장수는 삼대三代를~안 된다 진(秦)나라 때 왕전(王翦)·왕분(王賁)·왕리(王離)가 삼대를 이어 장수가 되었는데 그 뒤가 좋지 않았기 때문에 유래한 말이다.

용호방龍虎榜 과거 급제자의 이름을 게시하는 방(榜)의 하나. 당(唐)의 육지(陸贄)가 과거의 시관(試官)이 되어 한유(韓愈), 이관(李觀), 최군(崔羣) 등 천하 수재 23명을 급제시켰기에 당시 이 방을 용호방이라 했으니, 모두 용과 범 같은 뛰어난 인물이란 뜻이다.

이광李廣 중국 한(漢)나라 문제(文帝) 때의 명장. 흉노(匈奴)들이 이광을 '비장군(飛將軍)'이라 불렀으며, 팔이 원숭이 팔처럼 길어서 활을 잘 쏘았다고 한다.

북쪽의 오랑캐가~침입했을 때 1583년(선조 16년) 신립이 함경도 온성부사(穩城府使)로 있을 때 이탕개(尼湯介)가 거느린 야인(野人)들이 침입하여 훈융진(訓戎鎭)을 공격하였다. 이때 신립이 유원첨사(柔遠僉使) 이박(李璞) 등과 합세하여 적병 50여 명의 목을 베고 이어 적군을 추격해 두만강을 건너가서 그 소굴을 소탕한 일이 있다.

강동江東의 아이들이~울음을 그치고 장요(張遼)는 위(魏)나라 조조(曹操)의 맹장으로, 결사대 800명으로 오(吳)나라 손권(孫權)의 10만 대군을 격파하여 그 이름을 강동에 떨쳤다. 무예가 출중하고 용맹무쌍하여 그가 왔다고 하면 강동의 어린아이가 울음을 그쳤다는 고사가 있다.

북쪽 변방의~못하였던 것 이목(李牧)은 전국 시대 조(趙)나라의 명장. 오랜 기간 대(代)와 안문(雁門)에서 흉노를 방비하였다. 그가 흉노와 진(秦)나라를 칠 때 그의 위엄에 눌려 적의 군마가 전진하지 못하였다는 고사가 있다.

제가 세운~매우 두터웠으며 신립은 북방 여진족을 격퇴한 공으로 1584년 3월 함경도북병사에 임명되었다. 선조는 신립에게 갑옷과 투구, 칼 등을 하사했으며, 그의 노모에게는 매일 고기와 술을 보내고 병이 나면 의원을 보내 치료하게 하였다.

이 강~허리에 찼으며 1587년 2월 왜선 18척이 전라도 흥양현(興陽縣)에 침입하자 신립은 우방어사(右防禦使)로 임명되어 정벌에 나섰고, 1588년에는 함경도남병사로 고미포(古未浦)의 야인 부락에 출정하여 공을 세웠다. 이후 동지중추부사(同知中樞府事)를 거쳐 1590년 2월 평안도 병마절도사로 나갔다가 내직인 한성부판윤이 되었다. 신립이 여러 고을의 전장을 누비며 벼슬을 두루 지냈음을 의미한다.

수레바퀴를 밀어 주시며 장수를 임명하는 예(禮)를 말한다. 전쟁에 나가는 장수를 전송할 때 임금이 손수 수레바퀴를 밀어 주면서[推轂] "곤내(閫內)는 과인이 처리할 테니 곤외(閫外)는 장군이 처리하라." 격려했다는 고사가 있다. 여기서는 선조가 임진왜란 때 신립을 삼도순변사로 임명한 일을 말한다.

마복군馬服君의 아들 조괄趙括 조(趙)나라 명장 마복군 조사(趙奢)의 아들 조괄을 말한다. 조사는 평소에 그 아들 조괄을 두고 말하기를, "전쟁이란 사지(死地)인데 조괄이 쉽게 말하니, 조나라에서 만약 조괄을 장수로 삼는다면 반드시 조나라 군사를 없앨 것이다."라고 하였는데, 과연 장수가 되어 진(秦)나라 장수 무안군(武安君) 백기(白起)에게 참패를 당해 죽었다.

어리진魚麗陣 고대 진법(陣法)의 하나로 물고기가 서로 붙어서 나아가는 모양이다. 전차(戰車) 25승(乘)을 편(偏)으로 삼아 앞에 배치하고, 갑사(甲士) 5인을 오(伍)로 삼아 뒤에 배치하는 진법이다.

을 차지한 자가 승리한다*'는 말처럼 우리 쪽 지형이 비록 유리했건만 겁을 먹은 군사들이 다투어 강물에 뛰어들어 죽었으니, 대사大事를 이미 그르친 것입니다.

아! 어디로 돌아가며, 나 홀로 무엇을 할 수 있단 말입니까? 마침내 여덟 척의 몸을 만 길 강물에 던지고 말았습니다. 거센 파도와 성난 물결이 콸콸 흘러 넘쳐도 이 수치는 씻기 어려울 것입니다. 맑은 강물과 빠른 여울은 슬피 목 놓아 울고 원통함을 부르짖으며 저의 괴로운 심정을 하소연하는 듯합니다. 이따금 계곡 어귀가 구름 속에 잠겨 있고, 연못 속에 달 비칠 때면 제 외로운 넋은 의지할 곳이 없어 그림자만이 또 스스로를 위로할 뿐입니다.

세월은 어느새 훌쩍 흐르고 저의 슬프고 울적한 마음은 미처 퍼지도 못했는데 다행히 오늘 그대를 만나 속마음을 털어놓게 되었습니다. 아! 항우項羽는 산을 뽑는 힘과 세상을 뒤덮을 기개를 지니고 백 번 싸워 백 번 이겼지만 마침내 오강*에서 패하였으며, 제갈량諸葛亮은 와룡臥龍의 재주로 한漢나라를 붙들려는 충성을 품고 기산*에 다섯 번을 나가 싸우

먼저 북산北山을 차지한 자가 승리한다   전국 시대 조(趙)나라 장수 조사(趙奢)가 진(秦)나라 군사와 싸울 때 군사(軍士) 허력(許歷)이 조사에게 "먼저 북산(北山)에 올라가서 점거하는 자는 이기고 뒤에 오는 자는 패할 것입니다."라고 간하자, 조사가 즉시 그의 말을 따라 싸움에서 크게 이겼다는 고사가 있다.
오강烏江   중국 안휘성 화현(和縣) 동북에 있는 강. 초(楚)나라 왕 항우가 한(漢)의 군대에 쫓겨 오강포(烏江浦)에 이르렀을 때 오강의 정장(亭長)이 배를 타고 강동(江東)으로 가서 재기할 것을 권했으나, 항우는 강동의 젊은이 8,000명을 다 잃었으니 그 부형들을 볼 낯이 없다며 거절하고 끝까지 싸우다가 자결하였다.
기산祁山   중국 감숙성(甘肅省) 서화현(西和縣) 서북쪽에 있는 산. 촉한(蜀漢)의 정치가 제갈량은 위(魏)나라를 정벌하기 위해 다섯 번 기산으로 출전하였다고 한다. 그러나 번번이 북벌에 실패하고 위수 남쪽 오장원(五丈原)에서 위나라의 사마의(司馬懿)와 대치하다가 병사하였다.

고 다섯 번을 돌아왔으나 보람이 없었습니다. 이것은 하늘이 정한 일이니 사람이 어찌하겠습니까? 그러니 누구를 원망하고 누구를 탓하리오? 아! 저 하늘은 아득하기만 합니다!"

그러고는 이내 슬피 노래를 부르고 눈물을 흘리며 스스로를 억제하지 못하였다.

잠시 후 곁에 있던 한 사람이 눈썹을 치켜세우고 눈을 부릅뜨고서는 신공을 돌아보며 말하였다.

"시루는 이미 깨졌고, 일도 이미 지나가 버렸습니다. 일이 이루어지고 패하는 것은 운수에 달린 것이며, 옳고 그름 또한 벌써 결정되었는데 다시 무슨 여러 말이 필요하겠소? 오늘 밤 여러 군자들이 이곳에 모이기로 약속을 했고, 마침 인간세계의 사람이 이곳에 계시니 윗자리에 맞이하여 우리의 즐거운 연회를 구경하시라 청하는 게 어떻겠소?"

충절의 장수 스물일곱 명이
탄금대에서 연회를 베풀다

막 자리에 앉으려 하는데, 수레와 말이 요란한 소리를 내며 사방에서 구름처럼 모여들었다. 혹은 깃발을 휘날리고 칼과 창으로 위엄을 드러내었으며, 혹은 부절과 인수*를 차고 의관衣冠을 갖춰 입은 사람들이 통행을 막으면서 길을 인도하더니, 이내 수많은 거마車馬가 탄금대 아래에 이르렀다. 창백한 얼굴의 문인文人과 검붉은 얼굴의 무인武人들이 머뭇거리다 공손히 인사하고 자리에 올랐다.

이때 갑자기 강에 많은 배가 모여들어 뱃길은 삐걱삐걱 노 젓는 소리로 가득하였고, 바람을 잔뜩 실은 구름돛은 꼬리를 물고 천 리까지 이

부절符節과 인수印綬 부절은 돌이나 대나무, 옥 따위로 만든 신표(信標)이고, 인수는 관리의 관직이나 작위를 표시하는 인(印)과 그 인에 고리를 맨 끈을 말한다.

어졌다. 마침내 모든 배들이 갈대 우거진 강가에 닻줄을 매었다. 대장군*이 누런 휘장을 어깨에 두르고 배에서 내리자, 여러 손님이 일제히 일어나 맞이하였다.

대장군이 먼저 자리를 잡고 앉았는데, 오른쪽 첫째 자리를 차지하였다. 왼쪽 첫째 자리에는 고첨지*가 앉았다. 다음은 최병사*, 그다음은 김원주*, 임남원*, 송동래*, 김회양*, 김종사*, 김창의*, 조제독*이 차례대로 앉았다. 오른쪽 둘째 자리에는 황병사*가 앉았으며, 다음은 이병사*, 그다음은 김진주*, 유수사*, 신판윤*, 이수사*, 이첨사*, 정만호*가 차례대로 앉았다. 남쪽 자리에는 심감사*, 정동지*, 신병사*, 윤판사*, 박교리*, 이좌랑*, 고임피*, 고정자*가 차례대로 앉았고, 아랫자리에는 승장*이 앉았다.

김종사가 좌우에 앉은 여러 사람들에게 말하였다.

"인간세계의 선비가 여기에 와 있으니 맞아들이는 것이 어떻겠습니까?"

모두 좋다고 말하여서 파담자도 맨 끝자리에 앉게 되었다.

자리가 정해지자 금쟁반 가득 좋은 음식이 좌우에 가지런히 놓이고, 슬픈 가락의 현악과 장엄한 가락의 관악 소리가 위아래로 울려 퍼졌다. 즐거움이 한창 무르익을 즈음 대장군이 정만호를 불러 말하였다.

"자네가 소와 말을 잡고 병사들에게 탁주를 보내 마시게 하며, 또 모두들 함께 음악을 즐기라 하게."

이에 북채를 잡고 둥둥 북을 울리니 그 소리가 천지를 뒤흔들었다. 흥을 돋우는 그 소리에 여러 귀신이 춤을 추며 펄쩍펄쩍 뛰어오르기도 하고, 고함을 지르며 기세를 올렸다.

왼쪽 첫째 자리에 앉은 고첨지가 앞으로 나와 말하였다.

"오늘 이렇게 즐기는 것도 즐겁긴 하지만, 특별히 귀한 손님이 자리에 있고 이처럼 성대한 연회는 다시 있기 어려우니, 병사들을 물리고 각자 품은 뜻을 이야기하는 것이 어떻겠습니까?"

대장군大將軍　충무공(忠武公) 이순신(李舜臣, 1545~1598년)을 말한다.
고첨지高僉知　의병장(義兵將) 고경명(高敬命, 1533~1592년)을 말한다. 첨지중추부사(僉知中樞府事)에 임명되었다.
최병사崔兵使　의병장 최경회(崔慶會, 1532~1593년)를 말한다. 경상우도 병마절도사(兵馬節度使)에 임명되었다.
김원주金原州　원주 목사(原州牧使) 김제갑(金悌甲, 1525~1592년)을 말한다.
임남원任南原　남원 부사(南原府使) 임현(任鉉, 1549~1597년)을 말한다.
송동래宋東萊　동래 부사(東萊府使) 송상현(宋象賢, 1551~1592년)을 말한다.
김회양金淮陽　회양 부사(淮陽府使) 김연광(金鍊光, 1524~1592년)을 말한다.
김종사金從事　종사관(從事官) 김여물(金汝岉, 1548~1592년)을 말한다.
김창의金倡義　의병장 김천일(金千鎰, 1537~1593년)을 말한다. 창의사(倡義使)에 임명되었다.
조제독趙提督　의병장 조헌(趙憲, 1544~1592년)을 말한다. 공주목제독(公州牧提督)을 지냈다.
황병사黃兵使　충청도 병마절도사(兵馬節度使) 황진(黃進, 1550~1593년)을 말한다.
이병사李兵使　전라도 병마절도사(兵馬節度使) 이복남(李福男, ?~1597년)을 말한다.
김진주金晉州　진주 목사(晉州牧使) 김시민(金時敏, 1554~1592년)을 말한다.
유수사劉水使　전라 좌수사(左水使) 유극량(劉克良, ?~1592년)을 말한다.
신판윤申判尹　삼도(三道) 도순변사(都巡邊使) 신립(申砬, 1546~1592년)을 말한다.
이수사李水使　전라 우수사(右水使) 이억기(李億祺, 1561~1597년)를 말한다.
이첨사李僉使　첨절제사(僉節制使) 이영남(李英男, ?~1598년)을 말한다.
정만호鄭萬戶　녹도(鹿島) 만호이자, 이순신의 선봉장 정운(鄭運, 1543~1592년)을 말한다.
심감사沈監司　경기도 관찰사(觀察使) 심대(沈岱, 1546~1592년)를 말한다.
정동지鄭同知　예조참판(禮曹參判) 정기원(鄭期遠, 1559~1597년)을 말한다.
신병사申兵使　함경남도 병마절도사(兵馬節度使) 신할(申硈, 1548~1592년)을 말한다.
윤판사尹判事　판중추부사(判中樞府事) 윤섬(尹暹, 1561~1592년)을 말한다.
박교리朴校理　이일(李鎰)의 종사관 박호(朴箎, 1567~1592년)를 말한다. 임진왜란 당시 홍문관수찬(弘文館修撰)으로 교리(校理) 관직에 있었다.
이좌랑李佐郎　병조좌랑(兵曹佐郎) 이경류(李慶流, 1564~1592년)를 말한다.
고임피高臨陂　의병장 고종후(高從厚, 1554~1593년)를 말한다. 임피현령(臨陂縣令)을 지냈다.
고정자高正字　의병장 고인후(高因厚, 1561~1592년)를 말한다. 승문원(承文院) 정자(正字)를 지냈다.
승장僧將　승병장(僧兵將) 영규(靈圭, ?~1592년)를 말한다.

그러자 대장군이 즉시 명하여 징을 쳐 병사들을 물러가게 하였다. 삼성*은 아직 기울지 않았는데 달이 하늘 위로 둥그렇게 떠오르니, 온갖 동물들이 가만히 소리 죽이고 나무 그림자가 서로 얽혀 비치었다. 호위병에게 연잎 모양의 금 술잔에 술을 따르라 하여 두서너 순배가 돌자, 얼굴에 봄빛이 피고 온화한 기운이 감돌았다. 왼쪽에선 붓을 들어 시를 짓고, 오른쪽에선 거문고를 뜯으며 노래를 부르니, 자신의 처지를 슬퍼하는 울음소리가 아래로부터 올라왔다.

삼성三星 이십팔수(二十八宿) 가운데 스물한째 별자리의 별들. 오리온자리에 있으며, 중앙에 나란히 있는 세 개의 큰 별을 '삼형제별'이라 한다. 삼성(參星)이라고도 한다.

남쪽 자리의 여덟 장수가
시를 읊고 노래하다

고정자高正字[고인후]가 앞으로 나와 말하였다.

"부친의 품을 떠나지 않고 외람되이 진중陣中에서 모시며 아침저녁으로 맛있는 음식을 봉양하고, 아침저녁으로 문안을 드리다가 전세가 불리해져 아버지와 아들이 함께 죽고 말았습니다.* 비녕자의 종은 한 팔이 잘리고도 주인의 아들을 구하지 못하였고*, 변호의 아내는 두 아들

전세戰勢가 불리해져~죽고 말았습니다   임진왜란이 일어나자 고인후는 아버지 고경명의 명에 따라 의병을 규합하고, 금산(錦山)에서 방어사 곽영(郭嶸)의 관군과 합세하여 왜적을 방어하기로 하였다. 그러나 왜적이 침입하자 관군이 먼저 붕괴되고, 뒤따라 의병마저 무너져 아버지 경명과 함께 전사하였다.
비녕자조寧子의 종은~구하지 못하였고   비녕자는 『삼국사기(三國史記)』 열전(列傳)에 나오는 인물이다. 신라 28대 진덕왕(眞德王) 원년(647년) 백제와의 싸움에서 비녕자가 적진에 뛰어들어 죽자 그의 아들 거진(擧眞) 역시 적진에 뛰어들려 하였다. 이때 종 합절(合節)이 말고삐를 붙들고 말렸으나 거진은 합절의 팔을 쳐 자르고 적진에 들어가 죽고 합절 역시 그 주인의 뒤를 따랐다고 한다.

을 잃고 곡하였으나* 무슨 부끄러움이 있겠습니까? 부자父子의 해골이 서로 의지하고, 혼백이 함께 노닐고 있습니다."

곧이어 시를 읊었다.

지하에도 삼강三綱이 중하거늘
인간 세상일은 모든 것이 헛되구나.
항상 아버님의 뒤를 따르노니
나의 행색 어떠한가 묻노라.

고임피高臨陂[고종후]가 또한 앞으로 나와 말하였다.

"우림의 고아*로서 부친을 잃은 지극한 슬픔을 안고, 호랑이처럼 훌륭한 아버지 앞에 개처럼 하찮은 아들이 될까 두려워하며, 새매의 날개에 종달새가 찢길 것도 잊어버리고*, 피눈물을 흘리며 창을 베개 삼아 잤습니다. 그래도 뼈에 사무친 원한을 갚기 어렵습니다.

목숨을 버리고 의리를 택한 무리들이 싸락눈처럼 모여들어 관흥과 장포*의 승전고勝戰鼓가 울리길 간절히 바랐는데, 끝내 굶주린 범의 아가리에 고기를 던져 준 결과가 되고 말았으니*, 죽어서도 소원을 이루지 못하였습니다."

곧이어 시를 읊었다.

해마다 비바람 지나가니
모래밭 백골에도 이끼가 끼었네.

평생 원수 갚으려던 뜻은

조금도 식지 않았노라.

이좌랑李佐郎[이경류]이 또한 앞으로 나와 말하였다.

"아버지와 형님이 하시던 일을 이어받아 입으로 성현聖賢의 남기신 글
을 외웠지만 경험과 능력이 부족하여 조정의 일을 감당키 어려웠으며,
전쟁터에서도 용기 없고 비겁하여 왜적의 포위에서 벗어나지 못하였습
니다. 아내에게 편지 한 장을 부친 일은 장부의 비웃음을 사겠지만, 두
개의 귤을 형에게 던진 일*은 귀신도 가련하게 여길 것입니다. 비참한
마음이 어찌 남아 있지 않겠습니까?"

곧이어 시를 읊었다.

변호卞壺의 아내는~잃고 곡하였으나 변호는 동진(東晉) 사람이다. 명제(明帝) 때 상서령(尚書令)에 올
라 어린 군주를 보필했다. 일찍이 유량(庾亮)에게 소준(蘇峻)을 입조시키지 말라고 강력하게 권했으며,
나중에 소준이 반란을 일으키자 출전하여 전투 중에 죽었다. 두 아들도 뒤따라 나갔다가 모두 전사했
다. 변호의 아내가 이 소식을 듣고 남편의 충성과 두 아들의 효성에 탄복하며 곡하였다고 한다.
우림羽林의 고아孤兒 우림은 임금을 보좌하는 우림위(羽林衛)를 말하는 것으로, 여기서는 고종후가 전
쟁에서 아버지 고경명을 잃고 자신 또한 의병장으로 전쟁에 나선 것을 말한다.
새매의 날개에~것도 잊어버리고 힘에 부쳐 당해 내기 어려운 상대임에도 나아가 싸운다는 의미이다.
관흥關興과 장포張苞 관흥은 중국 삼국 시대 촉한의 명장 관우(關羽)의 아들이고, 장포는 장비(張飛)의
큰아들이다. 이들은 아버지가 죽은 뒤 제갈량의 휘하에서 위(魏)와 오(吳)에 대항했으나 마침내 뜻을
이루지 못하고 죽었다.
굶주린 범의~되고 말았으니 고종후는 1593년 의병군을 조직해 진주성을 사수하였으나 적의 대공
세에 밀려 김천일·최경회와 함께 남강에 투신, 순절했다.
두 개의~던진 일 이경류는 임진왜란 때 병조좌랑으로 출전하여 상주 전투에서 전사하였다. 죽은 뒤
귤을 먹고 싶어 하는 어머니를 위해 동정호에서 얻은 귤을 형에게 던져 주었다는 이야기가 『청구야담
(青邱野談)』에 전한다.

청유막●을 돕고 있을 때

오랑캐가 세류영●을 엿보았네.

구름을 탄 용이 홀연히 거꾸러지니

승냥이와 호랑이가 마구 날뛰는구나.

칼은 장홍●의 피에 새파랗게 물들고

꽃은 두견새 울음소리에 붉어졌도다.

백골을 거두어 줄 사람 없는데

향기로운 풀은 온 들에 푸르구나.

　박교리朴校理[박호]가 또한 앞으로 나와 말하였다.

　"나이 겨우 열여덟에 삼천 명 중 으뜸을 차지하고, 단번에 옥당玉堂 벼
슬에 올라 궁궐 향로香爐의 푸른 연기 속에서 하루에 세 번씩 임금을 뵈
었습니다.● 은총이 이미 넘쳐 재앙이 닥쳤으니, 잠시 궁궐을 떠나왔다
가 문득 왜적의 소굴에서 죽게 될 줄 그 누가 알았겠습니까?● 말달리

청유막靑油幕　장수의 막부(幕府)를 말한다.
세류영細柳營　한(漢)나라 명장 주아부(周亞夫)가 흉노를 막으려고 세류에 친 진영. 세류는 중국 섬서성(陝
西省)의 지명. 다른 진영보다 군율이 매우 엄했으므로 순시(巡視)했던 문제(文帝)가 크게 감동하여 붙인
이름이다.
장홍萇弘　춘추 시대 주(周)나라 대부(大夫)로, 경왕 28년 진(晉)나라의 대부 범길사(范吉射)와 중행인(中
行寅)이 난을 일으켰는데, 함께 일을 도모했다. 이 일로 촉(蜀) 땅에서 주나라 사람들에게 살해되었다.
일설에 따르면 그가 죽은 뒤 피가 흘러 벽옥(碧玉)으로 변했다고 한다.
나이 겨우~임금을 뵈었습니다　박호는 1584년 문과에 장원급제하였는데, 그때 나이가 열여덟에 불
과했다고 한다. 옥당은 홍문관(弘文館)의 별칭으로 당시 홍문관 수찬(修撰) 벼슬을 하였기에 한 말이다.
문득 왜적의~누가 알았겠습니까?　박호는 1592년 순변사(巡邊使) 이일(李鎰)의 종사관(從事官)으로 출
전하여 상주에서 싸우다가 윤섬(尹暹)·이경류(李慶流) 등과 함께 전사하였다.

는 재주는 글 읽는 선비에게 본래 해당되지 않지만, 사람의 목숨을 어찌 하늘에 의지하겠습니까? 고향은 아득히 멀고 내 몰골과 그림자는 처량하기만 합니다."

곧이어 시를 읊었다.

희고 고운 얼굴 드문 중에
붉은 연꽃이 막사 안에 피었네.
명성이 비록 자자하였으나
천명天命은 이미 쇠했네.
갈 길 머니 이 넋을 어디에 맡기리오
세월 오래되니 뼈도 부서지네.
달은 대궐 문을 비추니
밤마다 나 홀로 돌아가노라.

윤판사尹判事[윤섬]가 또 앞으로 나와 말하였다.

"양반 가문의 자손이요 조정의 신하로서, 때가 평탄치 않아 운명이 다하고, 하늘이 순조롭지 않아 일이 잘못되니, 많은 선비 중에서 홀로 선발되어 마침내 왜적의 칼날에 쓰러지고 말았습니다.* 집에 계신 부모님은 늙고 쇠한데 소식이 끊겼고, 호숫가 다리에서 바라보니 산은 높고 물은 길어 가는 길이 아득히 멉니다. 밝은 달을 따라 집으로 돌아가고, 슬픈 바람에 기대어 나무를 흔들어 봅니다."

곧이어 시를 읊었다.

젊은 시절 활쏘기 익히지 않았고

늙어서는 말도 타기 어렵구나.

남은 생이 어찌 이리 어그러졌나

헛된 명성에 일찍부터 속은 것이라오.

하늘 어두워지고 구름 바라보이는 곳에

해 저무니 문에 기대 자식 기다릴 때로세.

외로운 넋 쓸쓸히 남아 있으니

빈산에 소쩍새 슬피 우네.

신병사申兵使[신할]가 또 앞으로 나와 말하였다.

"일찍 무과武科에 급제하여 병서兵書를 대략 익힌 까닭에 병조兵曹에서 특진으로 벼슬을 하여 북쪽 변방을 지켰습니다. 그러나 시절이 평탄치 않아 통탄스럽게도 임금께서 도성을 떠나 피란하시게 되었습니다. 이에 군사를 거느리고 철령을 넘어 원수元帥[김명원]를 만나 임진臨津에 진을 쳤습니다.* 나라의 치욕을 씻고, 아울러 형의 원수를 갚고자* 군사를 재촉하여 강을 건넜으나, 이는 호랑이를 맨손으로 때려잡고 맨몸으

왜적의 칼날에 쓰러지고 말았습니다　윤섬은 1592년 이일(李鎰)의 종사관이 되어 싸우다가 상주성(尙州城)에서 전사하였다.

철령鐵嶺을 넘어~진陣을 쳤습니다　임진왜란이 일어나자 신할은 함경도병사(咸鏡道兵使)가 되어 선조의 몽진을 호위한 공으로 경기수어사 겸 남병사(京畿守禦使兼南兵使)에 임명되었다. 이후 도원수(都元帥) 김명원(金命元) 휘하로 들어가 임진강에서 왜적과 대치하다 심야에 적진을 기습하였으나 복병의 공격으로 그 자리에서 전사하였다.

형의 원수를 갚고자　신할의 형 신립이 충주 탄금대에서 왜적과 싸우다 순절한 일을 말한다.

로 강을 건너려는 무모한 행동이었습니다. 결국 군사와 말이 모두 죽었으니 비록 후회한들 이제 와서 무엇하겠습니까?"

곧이어 노래를 불렀다.

강물은 유유히 흐르는데

넋은 한번 가고 다시 돌아오지 않네.

바람은 쓸쓸히 언덕에 불고

음산한 구름이 하늘을 덮어 대낮에도 서늘하네.

누군들 형제가 없을까마는

어찌 우리 집안에만 이다지도 가혹한가.

임진강 물고기 배 속에

나의 뼈를 묻었다오.

세월이 아무리 오래되어도

잊을 수 없는 것이 있네.

정동지鄭同知[정기원]가 또 앞으로 나와 말하였다.

"일찍 시서詩書를 익히긴 했으나 병법兵法은 배우지 못하였습니다. 다행히 과거에 급제하여 오랫동안 벼슬에 매여 있다가 전쟁이 일어나자 손님 접대하는 임무를 맡았고*, 높은 벼슬에도 올랐습니다. 그러나 복이 과하면 재앙이 생기나 봅니다. 은혜는 깊은데 목숨은 가볍기만 합니다. 넋은 화살과 돌이 날아다니는 전쟁터에 떨어지고, 뼈는 모래밭에서 썩으니, 오래도록 슬픈 가슴 부여잡고 있는데 세월은 덧없이 빠르기만

합니다."

곧이어 시를 읊었다.

교만한 왜적이 남원성을 침범하니

오작교* 언저리에 살기殺氣가 드높구나.

서생이 싸움에 나갈 줄 일찍 알았더라면

말타기, 활쏘기, 칼 쓰기를 익혔을 것을.

심감사沈監司[심대]가 또 앞으로 나와 말하였다.

"적의 포위 속에서 임금의 명령을 받고, 나라가 극도로 위태로운 때
에 임지任地에 이르렀습니다. 종묘사직宗廟社稷은 이미 폐허가 되어 서울
을 바라보며 원수 갚을 날이 오기만을 바랐습니다.* 병력이 모자라 경
기도에서 군사를 끌어모으고, 옷의 띠를 풀 겨를도 없이 오직 나라의
은혜를 갚는 데에만 온 마음을 다했습니다.

삭녕에서 군사를 잃고 패한 것은 비록 지략이 없는 탓이었지만, 왜적
이 종로 네거리에 내건 목은 다행히 아들이 가져다 수습해 주었습니다.*

전쟁이 일어나자~임무를 맡았고 정기원은 1597년 정유재란 때 예조참판으로 명나라 부총병 양원(楊元)
의 접반사(接伴使)가 되어 남원에 갔으며, 왜적에 맞서 항쟁하다 전사하였다.
오작교烏鵲橋 전라북도 남원시 광한루(廣寒樓)에 있는 다리
적의 포위~오기만을 바랐습니다 심대는 1592년 선조를 호종하여 평양으로, 다시 의주로 피란을 갔
다가 9월 경기도관찰사에 임명되어 서울 수복 작전을 계획하였다.
삭녕朔寧에서 군사를~수습해 주었습니다 경기도 삭녕에서 때를 기다리던 심대는 왜군의 야습을 받
아 전사하였다. 왜군이 그의 목을 베어 서울 거리에 전시하였는데, 60일이 지나도 마치 산 사람의 모
습과 같았다고 한다.

마땅히 죽을 곳에서 죽었으니 다시 무슨 말을 더하겠습니까?"

곧이어 시를 읊었다.

푸른 산 깊은 곳에 관청문 닫혔는데
정찰병은 밤중에 나가 돌아오지 않네.
적의 칼날에 혼비백산하여 군진이 다 흩어지고
적막한 새벽하늘에 달빛만 저물어 가네.

오른쪽 자리의 여덟 장수가
시를 읊고 노래하다

　　곧이어 정만호鄭萬戶[정운]가 칼을 들고 일어나서 춤을 추며 「돛을 내리는 노래」를 불렀다.

　　　위급한 나라를 염려하며

　　　여러 고을에 씩씩한 남자 없음을 나무랐네.

　　　살아서 장군*과 함께 일했고

　　　죽어서도 장군과 함께 머무네.

　　　하늘을 우러러 무엇이 부끄러우며

장군將軍　수군절도사 이순신을 말한다. 정운은 임진왜란이 일어나자 이순신의 선봉장이 되어 옥포해전·한산도대첩 등에서 큰 전과를 올렸다. 부산포해전에서 적탄에 맞아 전사하였다.

땅을 굽어보아 무엇을 부끄러워하리.

　노래에 담긴 뜻과 기백이 활달하고 어조가 제법 비장하였다. 또 노래
를 불렀다.

　　돛대는 백 척R의 높이요, 큰 돛은 구름 같아라
　　푸른 바다 아득히 넓은데 물결은 잔잔하네.
　　왼쪽은 부산이요, 오른쪽은 대마도라
　　취한 눈을 부릅뜨니 술기운이 훈훈하네.
　　이내 몸 먼저 죽어 뜻 이루지 못했어라
　　씩씩한 기운 내뿜어 구름 끝에 닿았네.
　　대장부가 구질구질해서야 되겠는가?
　　탄환 한 알에 슬퍼해서 무엇하리.

이첨사李僉使[이영남]가 또 앞으로 나와 말하였다.

"비록 백 사람의 으뜸은 못 되지만 한 사람의 외로운 충신임을 자부합니다. 소륵에서 성을 지키던 도위都尉 경공耿公처럼 하늘의 도움이 있었고*, 적벽에서 배를 불사르던 우독右督 정보程普처럼 힘껏 싸웠습니다.* 뾰족한 창과 같은 자줏빛 수염을 날리며 강 모퉁이에 서면, 숲처럼 빽빽하게 늘어선 배들이 모두 제 손 아래 놓여 있었습니다. 대마도를 깎아 바다를 메우려 했더니, 붕새의 날개가 꺾일 줄 어찌 생각이나 하였겠습니까?* 병사의 뿔피리 소리 따라 넋이 흩어지니, 원한이 푸른 바다를 가득 메웁니다."

곧이어 시를 읊었다.

소륵疏勒에서 성城을~도움이 있었고 소륵은 중국 신강성(新疆省) 서부에 있는 성 이름. 후한(後漢)의 경공(耿公)이 이 성에 웅거할 때 흉노가 냇물을 끊어 물을 얻을 수 없게 되었는데, 경공이 우물을 향해 두 번 절하니 샘물이 솟아났다고 한다. 후에 기도위(騎都尉)에 올랐다.
적벽赤壁에서 배를~힘껏 싸웠습니다 정보(程普)는 후한(後漢) 말기 오(吳)나라의 무장이다. 오군도위(吳郡都尉) 벼슬을 지냈다. 건안(建安) 13년(208년) 주유(周瑜)와 함께 적벽에서 화공(火攻)으로 조조(曹操)의 군대를 대파했다.
대마도를 깎아~생각이나 하였겠습니까? 이영남은 정유재란 때 가리포첨절제사로서 조방장을 겸임하여 삼도수군통제사 이순신의 휘하에서 진도해전에 공을 세웠다. 이어 노량해전에서 왜적을 섬멸하다가 전사하였기에 한 말이다.

큰 바다 어찌 이리 깊은지
외로운 신하의 원한은 아직도 남았어라.
장대한 마음은 아직 펴지도 못했는데
거센 파도는 허공에 부딪쳐 푸르구나.

이에 이수사李水使[이억기]가 일어나 청하였다.

"한마음으로 나라를 위하다가 죽었으면 그것으로 그만이지요.* 이미 지나간 일을 이제 와서 말해 무엇하겠습니까? 여러 대인大人을 위해 제가 놀이나 하나 하겠습니다."

그리고는 긴 허리를 굽히고 노련한 주먹에 침을 뱉어 흥겹게 노 젓는 시늉을 하더니 취하여 노래를 불렀다.

북두칠성 기울어지려 하니
밀물이 밀려드네.
뱃사공들아!
배 띄우세.
나랏일 굳건히 하라는
장군의 명령 지엄하네.
부상*이 가깝구나
긴 돛도 걸자꾸나.

신판윤申判尹[신립]이 또 앞으로 나와 말하였다.

"천한 이 몸이 품은 뜻은 이미 대략 말하였습니다."

곧이어 시를 읊었다.

일찍부터 온 나라에 명성이 자자하였는데

죽은 뒤에는 시비하는 말 많기도 하네.

한 번 패하고 관문으로 돌아와

쓸쓸히 큰 칼 어루만지며 노래 부르네.

유수사劉水使[유극량]가 또 앞으로 나와 말하였다.

"영웅은 죽음을 아까워하는 것이 아니라, 헛된 죽음을 아까워하고, 훌륭한 장수는 신속한 계책을 귀하게 여기는 것이 아니라 신묘한 계책을 귀하게 여깁니다. 생각건대 그날 어떤 사람이 늙은 나더러 겁이 많다고 꾸짖고, 양을 억지로 우리에 몰아넣듯이 맨몸으로 호랑이를 잡으라 하였지요.* 나라의 은혜를 입은 두세 사람이야 죽어 마땅하지만, 격전을 치르다 죽은 병사들이 수천 수백이니 그 참혹함을 어찌 차마 말로

한마음으로 나라를~그것으로 그만이지요 이억기는 임진왜란 때 전라우수사가 되어, 전라좌수사 이순신, 경상우수사 원균(元均) 등과 합세해 당항포(唐項浦)·한산도(閑山島)·부산포(釜山浦) 등지에서 왜적을 크게 격파하였다. 정유재란 때 조정의 무리한 진격 명령으로 부산의 왜적을 공격하다 칠천량해전(漆川梁海戰)에서 전사하였다.

부상扶桑 해 뜨는 동쪽 바다. 여기서는 일본을 말한다.

그날 어떤~잡으라 하였지요 유극량은 1592년 5월 임진강에서 방어사 신할(申硈)의 부장으로 적과 대치하고 있었는데, 이때 신할이 적의 수가 적다고 여겨 강을 건너 적을 공격하자고 하였다. 유극량은 적의 유인책이니 함부로 움직여서는 안 된다고 반대하였는데, 신할이 재촉하자 군령을 어길 수 없어 군사를 거느리고 선봉에 서서 강을 건넜다. 그러나 강을 다 건너기도 전에 적의 기습을 받아 신할, 유극량 등의 장수가 전사했으며, 많은 군사들이 강물에 빠져 죽는 등 크게 패하였다.

다 할 수 있겠습니까? 활이 부러지자 주먹을 휘두르며 싸우다 왜적의 칼에 머리가 깨져 죽었는데, 지금 해골은 황량한 들판에 뒹굴고 있으니 슬픔이 큰 강물에 흘러넘칩니다."

곧이어 시를 읊었다.

지친 군사로 강을 등지고 노련한 왜적을 치다니
계책 없는 한 사람이 만 사람을 죽였네.
산하山河의 잔풀은 해마다 푸르고
지나가는 사람들만 옛 싸움터를 가리키네.

김진주金晉州[김시민]가 또한 앞으로 나와 말하였다.

"다행히 밝으신 하늘의 신령스런 도움으로 성을 보전한 공적이 조금 있었는데, 포상褒賞과 영광이 분에 넘쳐 감격하여 목숨을 바쳤습니다.* 강성한 오랑캐 군대가 잠깐 우이에서 꺾였으나*, 윤자기의 세력이 수양성에 다시 모였습니다.* 성안에서 그물로 참새를 잡아먹고 굴을 파서 쥐를 잡아먹었으며, 더는 방책方策이 없자 말을 잡아먹었습니다. 뼈를 분질러 불을 때고, 자식을 서로 바꾸어 먹으면서도 왜적에게 항복할 생각은 조금도 없었습니다. 오직 성을 굳게 지키는 데에만 온 마음을 쏟았건만, 갑자기 탄환 한 알에 쓰러지고 말았습니다.* 임금의 각별한 은혜에 보답도 하지 못했으니, 장대한 회포 풀 길이 없습니다."

곧이어 노래를 불렀다.

우뚝 높이 솟은 바위 위의 누각*

아래로는 남강의 푸른 물결 흐르네.

오래 포위되어 있으니 변방의 먼지 새까맣고

하늘을 뒤흔드는 대포소리 대[竹] 쪼개는 소리 같네.

은혜는 태산 같은데 몸은 홍모鴻毛처럼 가벼워라

피 흘러 갑옷을 물들이네.

땅은 넓고 하늘은 높은데

회오리바람이 때로 일어 거칠게 울부짖네.

이병사李兵使[이복남]가 또한 앞으로 나와 말하였다.

"적군이 대거 운봉*을 넘어왔을 때, 저 명나라 장수[양원楊元]가 혼자

성城을 보전한~목숨을 바쳤습니다 김시민은 임진왜란이 일어나자 진주성을 지키며 의병장 이달(李達)·곽재우(郭再祐) 등과 합세해 적을 격파하고, 고성·창원 등 여러 성을 회복하는 전공을 세웠다. 이 공으로 진주목사로 승진하였다. 9월에는 진해로 출동해 적을 물리치고 적장 평소태(平小太)를 사로잡는 공을 세워 경상우도병마절도사에 임명되었다.

우이盱眙에서 꺾였으나 수(隋) 양제(煬帝) 때 반란군의 우두머리 맹양(孟讓)이 여러 고을을 노략질하다 우이에 이르렀는데, 수나라 장수 왕세충(王世充)이 기습적으로 공격해 대승을 거둔 일이 있다. 여기서는 왜적이 진주성 공격에 어려움을 겪은 일을 말한다.

윤자기尹子琦의 세력이 수양성에 다시 모였습니다 당(唐) 현종(玄宗) 때 안녹산(安祿山)의 난이 일어나자 장순(張巡)은 허원(許遠)과 함께 수양성(睢陽城)을 지켰는데, 적장 윤자기가 이끄는 10여만 명에게 포위되었다. 수개월이 지나자 양식이 떨어져 참새와 쥐 등을 먹고 견디었으며, 종복(從僕)들을 죽여 군사들에게 먹이면서까지 싸움을 독려했지만 결국 성은 함락되고 모두 피살되었다. 여기서는 진주성 공격을 위해 왜군 병력이 추가로 투입된 일을 말한다.

오직 성을~쓰러지고 말았습니다 1592년 10월 6일, 적의 2만여 대군이 진주성을 포위하자 김시민은 불과 3,800여 명의 병력으로 7일간의 공방전을 벌여 적을 물리쳤으나 이 싸움에서 이마에 탄환을 맞고 상처가 깊어져 죽었다.

바위 위의 누각 경상남도 진주시에 있는 촉석루(矗石樓)를 말한다. 임진왜란 때 진주성을 지키던 김시민이 총지휘를 하던 지휘소로 사용하였다 한다.

운봉雲峰 전라북도 남원 지역의 옛 지명

남원을 지키고 있었습니다.* 양원이 우리 군사를 지휘하였는데, 진을 벌이고는 왜적을 지켜보고만 있었습니다. 저는 나라의 수치를 민망히 여겨 홀로 적진을 향해 뛰어들었습니다.* 그러나 제 수하의 병사는 겨우 삼십여 명뿐이었고, 성 밖 적군의 수효는 백만이었습니다. 아홉 번 공격하여도 물리치기 어려웠는데, 적은 단번에 성을 함락시켰으니 어찌 이다지도 참혹하단 말입니까? 국가를 위하여 목숨을 바치려던 뜻을 한번 펴 보지도 못하고 들판에 쌓인 시체들과 함께 썩어 가고 있습니다."

곧이어 시를 읊었다.

낡은 교룡성*에 남은 구름 사라지고
쓸쓸한 오작교에는 지는 해 차갑네.
백골 더미 속에서 오랜 세월 보냈으나
꿈속에서도 장부의 백발이 솟아 갓을 찌르네.

황병사黃兵使[황진]가 또한 앞으로 나와 말하였다.
"미천한 제가 하찮은 재주로 고립된 진주성을 지키는 중요한 임무를 맡게 되었습니다. 일만 깃발에 위엄 어린 바람이 불었으나 한 귀퉁이에 재앙을 머금은 비가 내리고, 이마에 왜적의 탄환을 맞으니 적들은 다투어 성에 기어올랐습니다.* 이는 하늘이 망하게 한 것이지 잘못 싸운 죄가 아니니, 이를 어찌하겠습니까? 줄을 당기면 반드시 끊어지는 곳이 있게 마련이니 그 누가 나를 탓하겠습니까? 흐르는 피를 삼키며 성에 올랐고 상처를 싸매고 전쟁터에 나갔습니다."

마침내 「성을 쌓는 노래築城歌」를 지어 불렀다.

　장맛비 열흘 내내 내리니

　벼이삭에 싹이 돋았네.

　우뚝 솟은 옛 성이여

　높디높은 성이 무너졌네.

　에헤야! 달구방아 소리

　힘내라 장사들이여.

　적이 기어오르면

　우리들은 모두 죽으리.

적군이 대거~지키고 있었습니다　원문(原文)에 "남원을 함락한 왜적이 구례(求禮)로부터 온 것을 운봉
에서 왔다고 한 것은 잘못 전해 들은 것이다."란 주(註)가 달려 있다.
양원이 우리~항해 뛰어들었습니다　정유재란 때 명나라 장수 양원(楊元)은 3,000여 명의 군사를 거
느리고 남원성을 지키고 있었다. 전라병사 이복남은 관군 1,000명을 데리고 남원성으로 들어가 양원
과 함께 왜군의 공격에 맞섰다. 조선과 명 연합군은 왜군의 공격에 필사적으로 저항하다가 이복남 이
하 3,000여 장병들은 장렬히 전사하고, 양원은 성이 함락되기 직전 탈출하였다.
교룡성蛟龍城　남원 지역에 있는 산성(山城)
일만 깃발에~성에 기어올랐습니다　충청병사 황진은 1593년 6월 21일부터 시작된 왜군의 제2차
진주성 공격에 대항해 창의사 김천일, 경상우병사 최경회, 의병장 고종후 등과 함께 격렬히 저항했다.
그러나 6월 28일 갑자기 큰비가 내려 성이 허물어지기 시작했고, 황진은 왜적의 탄환에 맞아 전사하
였다. 다음 날 적군은 무너진 성벽으로 물밀 듯이 들어오고 결국 성은 함락되고 말았다.

왼쪽 자리의 여덟 장수가
시를 읊고 노래하다

김회양金淮陽[김연광]이 또한 앞으로 나와 말하였다.

"오른쪽 자리에 앉아 계신 분들은 모두 무예가 뛰어난 장사壯士이신데, 글만 아는 못난 선비가 뒤를 이어 말씀을 올려도 될는지요? 회양淮陽[강원도 회양군]은 본래 지형이 험준한 곳으로 삼면이 요새지라 이를 만합니다. 그런데 늙은 저는 당황하여 한 명의 병사도 제대로 단속하지 못하였습니다. 오직 맡은 땅을 지키겠다는 생각으로 도망가지 않았고, 책상에 기대어 스스로 목숨을 끊을 수 있어 다행이라 여겼습니다.* 끝내 손에 인수印綬를 쥐고 조복朝服을 피로 물들였습니다."

곧이어 시를 읊었다.

회산淮山은 우뚝하고

회수淮水는 도도히 흐르네.

외로운 넋은 머뭇거리고

세상일은 마음과 서로 어긋났네.

만고토록 기나긴 밤에

나를 알아줄 사람 누구인고.

온서*가 넋이 있다면

나는 그를 따르리.

조제독趙提督[조헌]이 또한 앞으로 나와 말하였다.

"저는 거칠긴 하나 약간의 식견이 있었는데, 사람들은 미치광이요 바보라 비웃었습니다. 하지만 저는 흉악한 왜적이 우리나라에 찾아온 속셈을 알아차리고는 대의大義로써 왜를 물리쳐 끊어 버리라는 상소上訴를 올렸습니다. 순모*가 대나무 광주리를 손에 든 것은 참으로 통탄할 일이며, 서복*이 섶을 옮겨 놓으라 한 것 또한 어찌 우연이라 하겠습니까? 왜적이 국경을 침범했는데도 사신使臣의 목을 벨 것을 결단하지 못

오직 맡은~다행이라 여겼습니다 임진왜란 때 왜적이 강원도로 침범해 들어오자 관리와 백성들이 모두 달아났는데, 회양부사 김연광(金鍊光)만이 홀로 성문 앞에 정좌한 채로 왜적의 칼을 받았다 한다.
온서溫序 후한(後漢) 광무제(光武帝) 때의 관리로, 진(秦) 땅을 거점으로 조정에 대항하던 외효(隗囂)의 별장(別將) 구우(荀宇)에게 사로잡혔는데, 끝내 투항하지 않자 구우가 그 절의에 감복하여 검을 주어 자결하게 하였다고 한다.
순모郤模 당나라 대종(代宗) 때 인물이다. 원재(元載)가 권력을 농단하자 대나무 광주리와 갈대 자리를 가지고 장안(長安)의 동시(東市)에 가서 곡하였다. 사람들이 그 까닭을 묻자 임금께 상소하여 자신의 간언이 받아들여지지 않으면 대나무 광주리에 자신의 시체를 담아 들에 내다 버리게 하려 한다고 말했다는 이야기가 전한다.

하니* 제가 의병義兵을 일으킨 것은 오로지 임금을 위한 충성에서였습니다. 날카로운 적의 기세를 꺾고 강성한 적병을 무너뜨리자, 청주의 함성이 하늘을 흔들었으며, 승승장구하다가 결국 패하니 우리 백성들의 시체가 금산 땅에 가득하였습니다.* 대장부는 뜻을 굽히지 않는 법이며, 의로운 죽음을 편안히 여길 따름입니다."

곧이어 시를 읊었다.

공자는 자신을 희생하여 인仁을 이루라 하였고
맹자는 목숨을 버리고 의義를 취하라 하였네.
성현의 글을 읽었으니
배운 것이 무엇이겠는가?
바람이 거세면 풀은 굳세지고
임금이 욕을 당하면 신하는 죽을 뿐이네.
우레와 같이 격문檄文을 띄우고
하늘과 땅에 굳은 마음을 맹세했네.
어느덧 삼천 군사 모집하니
용맹스러운 군사들도 많았다네.
서원西原[청주]에서 크게 이기고
여러 진영에 위엄을 떨쳤네.
금산에서 적을 가벼이 보아
끝내 품은 뜻을 이루지 못하였네.
날이 가고 달이 가는데

썩은 뼈 무더기 속에 있네.

넋이 아직도 부끄러운 것은

나라의 수치가 되었기 때문이네.

김창의金倡義[김천일]가 또한 앞으로 나와 말하였다.

"그때 탐욕스런 왜적의 침략으로 철옹성 같던 성들이 무참히 짓밟히자, 보잘것없는 힘을 헤아리지 않고 의병을 끌어모았습니다. 초야草野에서 한가로이 살았으니 감히 주여숙*과 같이 자신을 알아주지 않았다고 말할 수 있겠습니까? 강도江都[강화도]의 뛰어난 지형을 경선*이 먼저 근거지로 삼은 일을 배웠습니다. 오랫동안 한양에 있는 왜적의 소굴을

서복徐福 한나라 선제(宣帝) 때 인물이다. 곽광(藿光)의 딸 곽씨가 황후로서 위세를 부릴 때 여러 번 상소하여 곽씨가 장차 변을 일으킬 것이니 미리 억제할 것을 청하였다. 훗날 곽씨가 폐한 뒤 역모를 고한 신하들이 모두 상을 받았으나 서복은 아무 상도 받지 못하였다. 이때 어떤 사람이 서복을 위해 글을 올렸는데, 아궁이 가까이에 섶을 두면 불이 날 위험이 있으니 섶을 딴 데로 치우라고 충고한 사람에게는 상을 주지 않고, 불이 난 후 불을 끈 사람에게만 상을 주는 것은 부당하다는 내용이었다. 이에 선제는 서복에게 비단을 하사하고 벼슬을 내렸다.

왜적이 국경을~결단하지 못하니 1591년 일본의 도요토미 히데요시(豊臣秀吉)가 겐소(玄蘇) 등을 사신으로 보내 명나라를 칠 길을 빌리자고 하였다. 이때 조헌(趙憲)이 옥천에서 상경하여 대궐문 밖에서 3일간 일본 사신의 목을 벨 것을 청했으나 받아들여지지 않았다.

날카로운 적의~땅에 가득하였습니다 임진왜란이 일어나자 조헌은 옥천에서 이우(李瑀)·김경백(金敬伯)·전승업(全承業) 등과 의병을 모집하여 8월 1일 영규(靈圭)가 이끄는 승군(僧軍)과 함께 청주성을 수복하였다. 이후 충남 금산(錦山)에서 다시 영규의 승군과 합진해서, 전라도로 진격하려던 왜군과 전투를 벌이던 끝에 중과부적으로 모두 전사하였다.

주여숙柱厲叔 춘추 전국 시대에 주여숙이 여(莒)나라 오공(敖公)을 섬겼는데, 오공이 자신을 알아주지 않아 빈한하게 살았다. 그 뒤 오공이 위험에 처하자 주여숙은 자신의 벗에게 "오공이 나를 알아주지 않아 떠났지만 지금 가지 않는다면 오공이 언제 나를 알겠는가? 나는 지금 가서 후세의 군주 중 자기 신하의 유능함을 알아보지 못하는 자들을 부끄럽게 하겠네."라고 말하고는 오공을 위해 달려갔다. 여기서는 임진왜란 때 서울이 함락되고 선조가 서행(西行)했다는 소식을 접한 김천일이 의병을 모아 북쪽으로 출병한 일을 가리킨다.

엿보았으며 비록 소탕하지는 못하였으나, 진산[진주]으로 가서 성을 지킨 것은 실로 깊은 생각이 있었던 것입니다.* 그런데 하늘이 우리를 돕지 않아 끝내 백성을 구제하지 못하고, 부질없이 장대한 마음만 남아 서글피 우는 귀신들과 뒤섞여 지냅니다."

곧이어 시를 읊었다.

> 저녁 까마귀 울다 흩어지고 달은 성을 비추는데
> 허물어진 누각 터에는 잡초만 무성하네.
> 오직 대숲이 다 꺾이지 않고 남아
> 해마다 비바람에 죽순이 가지런히 돋아나네.

김종사金從事[김여물]가 또한 앞으로 나와 말하였다.

"문장은 천하에 명성이 자자할 정도였고, 힘은 육 균*의 활을 당길 만큼 장사였으며, 평생 높은 기개와 뜻을 품어 자잘한 예법에 얽매이는 것을 싫어하였습니다. 그러나 의주에서 범한 일은 실로 국법에 위배되

경선景仙 경선은 조선 중기의 문신인 우성전(禹性傳)의 자(字)이다. 임진왜란이 일어나자 경기도에서 의병을 모집해 군호(軍號)를 '추의군(秋義軍)'이라 하고 소금과 식량을 조달해 난민을 구제하였다. 또한 강화도에 들어가서 김천일(金千鎰)과 합세해 전공을 세우고, 강화도를 장악해 남북으로 통하게 하였다. 병선을 이끌어 적의 진격로를 차단했으며, 권율(權慄)이 수원 독성산성(禿城山城)에서 행주에 이르자 의병을 이끌고 지원하는 등 많은 공을 세웠다.
진산晉山으로 가서~있었던 것입니다 1593년 4월 왜군은 서울에서 철수하여 남하하였다. 이때는 명과 일본 간에 강화가 추진 중이었으나 왜군은 경상도 밀양 부근에 모여 1차 진주싸움의 패배를 설욕하기 위해 진주성 공격을 기획하고 있었다. 이에 김천일은 6월 14일 300명의 의병을 이끌고 성에 들어가 항전 태세를 갖췄다. 10만에 가까운 적의 대군이 6월 21일부터 29일까지 총공격을 가하자 끝내 진주성은 함락되고 김천일은 순사하였다.
균鈞 무게 단위. 1균은 30근이다.

는 것이라 감옥에 갇혀 기이한 계책을 감추고 있다가, 임금의 은혜로 풀려나 국난國難에 달려가기를 꺼리지 않았습니다.* 흉악한 왜적의 무리가 날뛰는 것을 흘겨보며 섬멸하기를 굳게 기약하였거늘, 끝내 원수元帥[신립]가 패하는 것을 구원하지 못하였으니, 그 죄는 원수와 마찬가지입니다."

곧이어 시를 읊었다.

높이 솟은 탄금대 얕은 여울물 소리
때때로 외로운 신하의 불평을 노래하네.
생각하니 장군의 막부에 잘못 편입되어
몇 번이나 좌거*의 병법을 헛되이 말했던가?
시냇가의 뼈는 썩었으나 일편단심 남아 있고
지하의 넋은 외로울망정 백일白日처럼 밝다네.
어찌 옥문을 향해 자주 눈물 흘렸던가?
모래밭에 뼈가 드러난 것도 임금의 은혜라네.

송동래宋東萊[송상현]가 또한 앞으로 나와 말하였다.

"바닷가 진영鎭營을 맡아 한동안 변방의 봉화烽火가 잠잠하였는데, 태평 시절 끝에 변란이 일어나니 백성들은 당황하여 정신을 차리지 못하였습니다. 그러니 누구와 함께 성을 지키겠습니까? 함께 있던 절도사*는 이미 달아나면서 저에게는 '어디로 가느냐? 성문을 닫는 수밖에 없다.'라고 말했습니다.

태산이 새알을 누르고 있는 형세라 패전할 것은 뻔히 예측되는 일이었습니다. 이에 '군신君臣 간의 의리는 무겁고, 부자父子 간의 은혜는 가볍다*'는 편지를 써서 겨우 집에 부쳤습니다. 저 오랑캐를 꾸짖는 데 어찌 안고경*의 말로 충분하겠습니까? 그러나 무지한 섬나라 오랑캐도 왕촉*의 무덤을 만들어 주었습니다. 나라에 충성하고자 하면서 어찌 제 몸을 아끼겠습니까?"

곧이어 시를 읊었다.

고을 수령이 되어 동쪽 오랑캐를 막지 못했으니

임지任地에서 죽었어도 죄가 남았네.

의주에서 범한~꺼리지 않았습니다 김여물은 1591년에 의주목사로 있었으나, 서인 정철(鄭澈)의 당으로 몰려 의금부에 투옥되었다. 임진왜란이 일어나자 그의 재능을 높이 평가한 도체찰사 유성룡(柳成龍)의 간언으로 옥에서 풀려났다. 이때 도순변사 신립이 김여물의 용기와 충의가 뛰어남을 알고 자신의 종사관으로 임명해 줄 것을 간청해 함께 충주 방어를 위해 출전하였다.

좌거左車 중국 조(趙)나라의 장수 이좌거(李左車)는 한(漢)나라의 한신(韓信)과 장이(張耳)가 조나라를 치자 막을 계책을 진여(陳餘)에게 말했으나 용납되지 않았다. 결국 진여는 전사하고 한신이 좌거를 얻어 스승으로 모시고 그의 계책을 써서 연(燕)나라와 제(齊)나라의 여러 성을 항복받았다.

절도사 임진왜란 당시 경상좌도 병마절도사를 지낸 이각(李珏)을 말한다. 동래성 전투에서 이각은 성 수비를 동래부사 송상현(宋象賢)에게 맡기고 탈출하였으며, 이후 도주죄로 참수되었다.

군신 간의~은혜는 가볍다 동래성을 지키던 송상현이 죽기 직전 대궐을 향해 절하기를 마친 다음 그의 부친 송복흥(宋復興)에게 보낸 서찰의 내용이다.

안고경顔杲卿 당나라 현종(玄宗) 때 상산태수(常山太守)로 발탁되었다. 안녹산이 반란을 일으키자 평원태수(平原太守)로 있던 동생 안진경(顔眞卿)과 함께 의병을 일으켜 반란군의 배후를 위협했다. 다음 해 사사명(史思明)이 상산을 공격하여 포위되었는데, 식량이 바닥나 성이 마침내 함락되었다. 안녹산 앞에 끌려가서도 끝까지 굴하지 않고 반역을 힐난하다가 처형되었다.

왕촉王蠋 중국 전국 시대 제(齊)나라 사람이다. 연(燕)나라 장수 악의(樂毅)가 처음 제나라를 격파했을 때 획읍(畫邑) 사람 왕촉이 매우 어질다는 소문을 듣고 회유했다. 그러나 왕촉은 "충신은 두 임금을 섬기지 않고 살아서 의롭지 못한 일을 할 바에는 차라리 죽는 편이 낫다."라고 말하고는 마침내 나무에 목을 매 자살했다. 악의는 왕촉의 충심에 감동하여 후히 장사를 지내 주었다고 한다. 여기서는 왜적이 송상현의 충의에 감동하여 동문 밖에 장사를 지내 준 일을 말한다.

이내 몸을 삼척검에 맡기고

다만 부모님께 두어 줄 글을 부쳤네.

유유한 세월 속에 구름도 늙고

쓸쓸한 마음은 푸른 바다처럼 공허하네.

천 리 밖 외로운 넋은 돌아가지 못하고

비바람 치는 옛 성에서 홀로 서성대네.

임남원任南原[임현]이 또한 앞으로 나와 말하였다.

"위태로운 시절에 외람되이 임금께 발탁되었습니다. 제가 부임한 남
원은 뛰어난 지형을 지녀 실로 우리나라의 요충지라 할 만했습니다. 아
울러 명나라 군사와 함께 온 힘을 다하니 강회의 보장*에 비길 만했습
니다. 그러나 왜적이 쳐들어와 높은 사닥다리 어지러이 춤추더니, 달무
리가 점점 짙어지듯 적군이 성을 둘러쌌습니다. 군대는 고립되고 병사
의 세력이 약하니 탄식이 절로 나오고, 구원병은 끊어지고 북소리 더
이상 들리지 않으니 참담하기 그지없습니다.

맡은 지역을 지키지 못하여 스스로 칼날 속으로 뛰어들었으니, 이 땅
의 신하로서 제가 죽은 것은 마땅한 일입니다. 하지만 명나라 장수 양
원은 힘껏 싸우고도 그 목을 보전하지 못했으니* 왕법王法에 유감이 있
습니다."

곧이어 시를 읊었다.

비휴* 같은 군대가 중국에서 내려와

용성龍城[남원]을 가로막으니 의기가 드높았네.

맹렬한 왜적의 공격에 비장군飛將軍[양원]이 떠나가니

외로운 신하의 한 조각 넋만 돌아왔네.

김원주金原州[김제갑]가 또한 앞으로 나와 말하였다.

"백 리밖에 안 되는 작은 고을로서 수만 명의 강한 적군을 맞닥뜨리니, 임기응변으로도 이미 계책을 낼 수 없고, 몸과 마음을 닦고 경서經書를 읽고 있을 수도 없어, 물러나 치악산雉岳山을 지키며 목사牧使로서 제 본분을 다하려 했습니다. 산이 험하여 왜적이 공격하기 어려울 줄 알았는데, 갑자기 흙이 무너지듯 쉽게 패하고 말았습니다. 고립된 성은 적의 칼날에 짓밟히고 온 집안은 창칼에 쓰러졌습니다.* 늙은 저야 임금의 은혜를 입었으니 만 번을 죽어도 좋지만, 처자식은 왜 한꺼번에 죽어야 했는지요?"

곧이어 시를 읊었다.

강회江淮의 보장保障 중국 강회 지역의 보루인 수양성(睢陽城)을 말한다. 당 현종(玄宗) 때 안녹산의 난이 일어나자, 당시 수양성을 지키던 여러 군중이 동쪽으로 달아날 것을 의논했다. 이때 장순(張巡)이 태수(太守) 허원(許遠)에게 '수양성은 강회 지역의 보루가 되는 곳이니, 만일 이곳을 버린다면 적이 승승장구하여 남쪽으로 내려갈 것이고, 그렇게 되면 강회 지역은 반드시 망하게 될 것'이라고 한 데서 유래한 말로, 한 지방의 중요한 요새를 의미한다.

맡은 지역을~보전하지 못했으니 1597년 정유재란이 일어나자 임현(任鉉)은 남원부사가 되어 명나라 장수 양원(楊元)과 함께 남원성을 수비하였는데, 양원은 성이 함락되기 직전 도망하고 임현은 홀로 계속 싸우다가 전사하였다. 후에 이 일이 알려지자 명나라 조정에서는 양원의 목을 베었다.

비휴貔貅 맹수의 이름으로 범 같다고도 하고 곰 같다고도 하는데, 옛날에 전쟁에서 쓰기 위해 길들였다고 한다.

고립된 성은~창칼에 쓰러졌습니다 김제갑(金悌甲)은 임진왜란 당시 원주목사로 있었는데, 왜군이 원주를 침공하자 가족과 주민을 이끌고 경내의 요새인 영원산성(鴒原山城)으로 들어갔다. 그러나 산성의 허점을 틈탄 왜군의 공격으로 결국 성이 함락되자, 부인 이씨, 아들 시백(時伯)과 함께 순절하였다.

치악산 저 높이 삼리의 성*에
백발노인이 붉은 인수 차고 남은 군사를 보전했네.
요사스런 칼끝에 부질없이 피 흘리니
오직 찬 시냇물만 밤낮으로 흐느끼네.

최병사崔兵使[최경회]가 또한 앞으로 나와 말하였다.

"키는 안영*처럼 칠 척에 미치지 못하나, 마음은 이백李白처럼 일만 명의 사내를 합한 것보다 웅장합니다.* 왜적을 토벌하기 위해 떨치고 일어나 호남과 영남에서 의병을 모으니, 임금께서 저의 충성을 가상히 여겨 벼슬을 내리셨습니다.* 변방의 요새를 지키라는 어명御命을 받들고 성벽을 굳게 지키며 왜적을 향한 적개심에 불탔으나 마치 사마귀가 수레를 막는 격*이었습니다. 성은 큰비에 무너지고 저는 높은 누각에서 몸을 던졌습니다.*"

곧이어 부*를 지었다.

섬 오랑캐가 미쳐 날뛰어
분수도 모르고 우리 강토에 쳐들어왔네.
북소리에 무안의 기왓장이 진동하고*
준의의 운하*로 핏물이 흘렀네.
열흘 만에 언과 영이 함락되니*
임금의 수레 파촉으로 옮겨 갔네.*
종묘宗廟는 무너져 제사 못 지내고

만백성은 울부짖으며 어육魚肉이 되었네.

특별한 재주 없는 일개 신하이니

대의大義에 의지하여 나아갈 뿐이네.

삼리三里의 성城 조그마한 성이란 뜻으로,『맹자』「공손추 하(公孫丑下)」의 "3리쯤 되는 내성(內城)과 7리쯤 되는 외성(外城)처럼 조그마한 성곽을 에워싸고 공격해도 이기지 못하는 경우가 있다(三里之城 七里之郭 環而攻之而不勝)."라는 말에서 나온 것이다. 여기서는 김제갑이 왜적을 맞아 치열하게 싸운 영원산성을 말한다. 치악산 남서쪽에 있다.

안영晏嬰 안자(晏子). 춘추 시대 제(齊)나라의 어진 재상으로, 한 벌의 갖옷을 30년 동안 입을 정도로 검소한 생활을 했다고 한다.

키는 안영처럼~것보다 웅장합니다 이태백(李太白)의 「한 형주에게 주는 글」에서 자신을 소개하는 구절에, "비록 키는 일곱 자에 차지 못하나 마음은 만부(萬夫)를 이긴다."라는 말이 있다.

왜적을 토벌하기~벼슬을 내리셨습니다 최경회(崔慶會)는 임진왜란이 일어나자 형 경운(慶雲)·경장(慶長)과 함께 의병을 모집하였는데, 고경명(高敬命)이 전사한 뒤 그의 휘하였던 문홍헌(文弘獻) 등이 남은 병력을 수습하여 합류함으로써 의병장에 추대되었다. 금산·무주에서 전주·남원으로 향하는 일본군을 장수에서 막아 싸웠고, 금산에서 퇴각하는 적을 추격하여 우지치(牛旨峙)에서 크게 격파하였다. 이 공로로 경상우병사에 임명되었다.

사마귀가 수레를 막는 격 『장자』「인간세(人間世)」에 제(齊)나라 장공(莊公)이 사냥을 나가는데 사마귀가 앞발을 들고 수레바퀴를 멈추려 했다는 이야기가 나온다. 즉 당랑거철(螳螂拒轍)은 제 역량을 생각하지 않고 강한 상대나 되지 않을 일에 무모하게 덤벼드는 행동을 비유적으로 이르는 말이다.

성은 큰비에~몸을 던졌습니다 1593년 6월 일본군이 진주성을 다시 공격하자 최경회는 창의사 김천일, 충청병사 황진, 복수의병장 고종후 등과 함께 진주성을 사수하였으나, 왜군이 성을 무너트리기 위해 성 밑을 파기 시작하고 불행히도 큰비가 내리면서 결국 9일 만에 성이 함락되었다. 성이 함락되자 최경회는 촉석루에서 남강으로 투신자살하였다.

부賦 『시경(詩經)』에서 말하는 시의 표현 방법 중 하나이다. 사물이나 그에 대한 감상을, 비유를 쓰지 아니하고 직접 서술하는 작법이다. 1구 6언으로 30구에서 60구까지 지었으며, 일정한 압운도 없고 각 구 제3언 다음에 대개 허자(虛字) '혜(兮)'를 써서 구의 호흡을 조절하였다.

북소리에 무안武安의 기왓장이 진동하고 군대의 위엄과 성세가 아주 성한 것을 표현하는 말이다. 『사기』「염파인상여열전(廉頗藺相如列傳)」에 진(秦)나라 군대가 한(韓)나라를 칠 때 무안 서쪽에 주둔해 있었는데, 북을 치고 함성을 지르는 소리로 인해 무안에 있는 집들의 기와가 모두 날아갔다는 이야기가 나온다.

준의浚儀의 운하 중국 하남성 개봉부(開封府) 준의현(浚儀縣)에 있는 운하(運河)

열흘 만에 언鄢과 영郢이 함락되니 언과 영은 초나라 도성을 말한다. 춘추 시대 초나라 문왕(文王)이 영(郢)에 도읍을 정하였고, 그 뒤에 혜왕(惠王)이 언(鄢)으로 천도하고 나서 그대로 영(郢)이라고 불렀다. 여기서는 임진왜란 때 도성 한양이 함락된 일을 말한다.

임금의 수레 파촉巴蜀으로 옮겨 갔네 중국 당(唐)나라 중기에 안녹산(安祿山)과 사사명(史思明) 등이 일으킨 반란으로 현종은 파촉으로 피란을 갔다. 여기서는 선조가 도성을 버리고 평양으로 피란한 일을 말한다.

삼척검三尺劍 들고 벌떡 일어나니

격문* 읽은 군사들이 앞다투어 달려오네.

군대의 위세威勢는 천지를 흔들고

씩씩한 기운은 북두성을 찌르네.

임금께서 조서詔書를 내리시어

옥린을 내게 나눠 주시네.*

주먹을 불끈 쥐고 하늘과 땅에 맹세하여

추악한 왜적 떼 쓸어버리기를 기약했네.

진양晉陽[진주]의 외로운 성을 지키는데

도적이 쳐들어왔다고 차마 버리고 가리?

장순과 허원 같은 장수들과 호형호제하며*

병사들을 위로하고 종기도 빨았네.*

적은 강한데 우리 힘 미약하니 분하고

뜻은 큰데 재주 없으니 한스럽네.

하늘이 돕지 않으니 어찌하리?

우리 훌륭한 장병들을 데려가니 사기士氣 꺾였네.

임금 계신 서쪽을 바라보며 통곡하고

손가락 깨물어 옷자락에 혈서를 남겼네.

촉석루는 아득히 높아 백 척인데

외로운 넋은 갈 곳이 없네.

봄바람 불어오면 풀빛이 푸르고

가을 달 밝을 때면 하늘이 더 공허하네.

해가 가도 원한은 사라지지 않고

오색 무지개로 길이 피어오르네.

격문檄文　격(檄) 또는 격서(檄書)라고도 한다. 격문은 전쟁이 일어났을 때 군병을 모집하거나, 침략의 부당성을 널리 알리거나 항복을 권유할 때에 많이 이용되었다.

옥린玉麟을 내게 나눠 주시네　옥으로 만든 부절(符節)로, 둘로 갈라 하나는 조정에 보관하고 하나는 본인이 가지고 신표(信標)로 사용하였다. 최경회가 경상우병사로 임명된 일을 말한다.

장순張巡과 허원許遠 같은 장수들과 호형호제하며　당(唐) 현종(玄宗) 때 안녹산이 반란을 일으키자 장순과 허원은 함께 군사를 일으켜 수양성(睢陽城)을 끝까지 지키다가 결국 패하여 피살되었다. 여기서는 최경회가 김천일, 황진 등과 함께 한마음 한뜻으로 진주성을 사수하던 일을 말한다.

병사들을 위로하고 종기도 빨았네　오기(吳起)는 전국 시대 위(衛)나라의 명장으로, 그는 평소 병졸들과 같은 음식을 먹고 똑같은 옷을 입으며 동고동락하였는데, 심지어 종기가 나서 고생하는 병졸의 종기를 입으로 빨아주기까지 하였다고 한다. 장군이 부하를 지극히 사랑함을 이르는 말이다.

고경명, 이순신, 영규가
시를 읊다

고첨지高僉知[고경명]가 또한 앞으로 나와 말하였다.

"조정에서 버린 신하일지라도 나라가 안팎으로 어려움을 겪는 것을 차마 보고만 있을 수 없었습니다. 이미 쫓겨난 낭심은 공을 세웠고*, 문천상*은 대의를 부르짖으며 격문을 돌렸습니다. 현륙음주의 글귀는 황소를 울리지 못했으나*, 닭 울음소리를 듣고 한 말이나 노櫓를 두드리며 한 말은 모두가 충성스런 마음을 얻어냈습니다.*

군사들을 오랑캐의 소굴로 몰아넣어 다시 돌아오지 못할 길을 가게 한 것은 원통하지만, 삶을 버리고 의義를 택한 것은 백 번을 죽는다 해도 어찌 후회하겠습니까? 더욱이 두 아들[고종후, 고인후]이 충과 효를 저버리지 않았으니 무슨 유감이 있겠습니까?"

곧이어 율시 한 편을 지어 읊었다.

태평성대라 전쟁을 까마득히 잊고

변방의 신하는 옥문*을 닫았네.

별들은 분명 북극성을 에워싸고 있는데

고래수염*은 해괴하게도 동쪽으로 치닫네.

여러 고을은 오랑캐의 비린내와 먼지로 자욱하고

넓은 하늘은 혈우血雨로 어둑하네.

이릉은 백기가 불 지르고*

촉 땅 잔도棧道에는 천자의 깃발 펄럭이네.*

이미 쫓겨난 낭심狼瞫은 공을 세웠고   전국 시대 진(晉)나라 장수 낭심은 자기의 윗사람인 선진(先軫)에게 축출을 당하였으면서도 진(秦)나라 군사가 공격해 오자 "비록 나를 알아주지 않는다 하더라도 나라를 위해 죽는 것이 용맹이다." 하고 소속 부대를 이끌고서 달려가 싸우다가 죽었다. 그러자 진(晉)나라 군사들이 그를 뒤따라서 싸워 진(秦)나라를 크게 이겼다. 여기서는 1591년 동래부사로 있던 고경명이 서인의 실각으로 파직되었으나 임진왜란이 일어나자 의병을 일으킨 일을 말한다.

문천상文天祥   중국 남송의 정치가. 권신 가사도(賈似道)와 의견이 맞지 않아 사직하였는데, 원(元)나라 군대가 침입하자 의병을 일으켜 수도 임안(臨安)을 방위하였다.

현륙음주廟戮陰誅의 글귀는 황소黃巢를 올리지 못했으나   신라(新羅) 최치원(崔致遠)이 당(唐)나라 고병(高騈)의 종사관이 되어, 황소를 성토하는 격서를 지었는데, "천하 사람이 모두 너를 죽이고자 할 뿐 아니라 지하의 귀신들도 너를 죽이기로 의논했을 것이다."라고 하였다.

닭 울음소리를~마음을 얻어냈습니다   진(晉)나라의 조적(祖逖)이란 사람은 한밤중에 닭 우는 소리를 듣고는 상서로운 조짐이라고 말하며 춤을 추었고, 또 예주자사(豫州刺史)로 부임하던 도중 강을 건너다가 노를 두드리면서 반드시 중원(中原)을 맑게 하고 돌아오겠다며 맹세하였다고 한다. 여기서는 고경명이 광주에서 의병을 모집하자, 나라를 반드시 되찾겠다는 결의와 맹세의 말에 공감한 6천 명의 의병이 모여든 것을 말한다.

옥문玉門   만리장성에 있는 옥문관(玉門關)을 가리키는 것으로, 여기서는 변방의 요새를 뜻한다. '옥문을 닫았다'는 것은 변방이 조용하다는 의미이다.

고래수염   고래는 바다의 도적에 비유된다. 이백(李白)의 「임강왕절사가(臨江王節士歌)」에 "장사는 분노하고 큰바람이 이니, 어이하면 의천검을 얻어서 바다 건너 큰 고래를 벨거나(壯士憤 雄風生 安得倚天劍 跨海斬長鯨)." 하였다. 여기서는 임진왜란을 일으킨 왜적을 말한다.

이릉夷陵은 백기白起가 불 지르고   이릉은 전국 시대 초(楚)나라의 왕릉(王陵)인데, 진(秦)나라 백기(白起)가 초나라를 쳐서 수도(首都)인 영(郢)을 함락시키고 이릉을 불태웠다는 기록이 『사기』 「백기열전(白起列傳)」에 보인다. 여기서는 왜적이 한양을 점령하고 궁궐을 불태운 것을 말한다.

백발이 되도록 세 조정을 섬긴 늙은이*에게

한 조각 붉은 충정이 남았네.

격문을 전하니 해와 달이 밝게 빛나고

맹세를 정하니 하늘과 땅이 흔들리네.

바람 부니 깃발 아득히 나부끼고

하늘 맑으니 북나팔 소리 요란하네.

계책이 없어 경솔히 적을 범했으나

칼이 있으니 은혜에 보답함이 소중하네.

쓸쓸하여라 천년의 원한이여

처량하여라 두 아들의 넋이여.

옛 싸움터에 봄이 지나니

푸른 이끼가 절로 흔적 남기네.

이에 대장군[이순신]이 서글픈 표정으로 눈썹을 찡그리더니 좌우를 돌아보며 말하였다.

"사람은 누구나 다 죽는 것이지만, 하늘은 참 믿을 수가 없소. 그대들의 말을 다 들었으니 나의 슬픈 회포도 말하리다. 태평 시대에 나고 자라 조그만 공도 세우지 못했는데, 죽부를 풀고 장수에 임명되니*, 임금의 밝은 지혜에 큰 누를 끼쳤소. 때마침 오랑캐가 바다를 건너 쳐들어오자 한 번 죽기로 마음먹고서 수군水軍을 모아 왜적을 가로막아 호남으로 가는 길목을 안전하게 지켰소. 적선敵船 삼백여 척을 불사르니 그 기세를 당할 자가 없었고, 한산도閑山島를 지키는 오륙 년 동안에는 오랑캐가 감히 엿보지 못하였소.

그러다 전쟁 중에 갑자기 장수가 바뀌니* 산山을 쌓아 올리다 중단해 버린 격이라 그간의 공功이 다 허물어지게 되었소. 패전한 뒤에 남은 군사와 몇 척의 전선을 다시 받아 가지고, 노櫓를 걸고 돛을 내려 물살이 급한 여울에서 일곱 번 승리를 거두었소.* 달아나는 적을 예교曳橋[전남 순천]에서 막다가 장군별이 노량露梁에 떨어졌다오. 아들에게 명하여 계속 북을 울리고 깃발을 휘두르게 하였으며*, 바다와 산을 두고 맹세한 글은 어룡魚龍도 감동케 하였소.*"

곧이어 시를 읊었다.

만 척의 배가 나루에서 서성대며 편히 지내다가

촉蜀 땅~깃발 펄럭이네 촉의 잔도(棧道)는 당나라 현종(玄宗)이 안녹산의 난을 피해 촉으로 몽진할 때 지나갔다는 검각(劍閣)에 걸린 위험한 길을 말한다. 여기서는 선조가 평양으로 피란한 일을 가리킨다.
세 조정朝廷을 섬긴 늙은이 고경명은 중종 28년(1533년)에 태어나 명종 대를 거쳐 선조 25년(1592년)에 죽기까지 평생 세 임금을 섬겼다.
죽부竹符를 풀고 장수에 임명되니 죽부는 지방 수령의 신표를 말하는데, 대나무로 만들어 둘로 쪼개 오른쪽은 서울에 두고, 왼쪽은 군수에게 주었다. 여기서는 이순신이 정읍현감, 진도군수 등의 지방관을 지낸 뒤 1591년 전라좌도 수군절도사에 오른 것을 말한다.
전쟁 중에 갑자기 장수가 바뀌니 삼도수군통제사로서 혁혁한 공을 세우던 이순신은 1597년 원균의 모함으로 서울로 압송되고, 원균이 삼도수군통제사에 임명된 일을 말한다.
패전한 뒤에~승리를 거두었소 1597년 7월, 삼도수군통제사 원균이 적의 유인전술에 빠져 거제 칠천량(漆川梁)에서 전멸에 가까운 패배를 당하자 이순신이 다시 통제사로 기용되었다. 남은 군사 120인과 병선 12척이 고작이었으나 이순신은 명량(鳴梁)에서 133척의 적군과 대결하여 31척을 부수는 등 큰 전과를 올렸다.
아들에게 명하여~휘두르게 하였으며 1598년 11월 19일, 이순신은 노량에서 물러가는 적선을 향해 맹공을 가하던 중 적의 총탄에 맞아 운명하였다. 이때 아들에게 자신의 죽음을 숨기고 북을 치며 계속 앞으로 나아가 싸울 것을 재촉하였다고 한다.
바다와 산을~감동케 하였소 이순신이 한산도에 있으면서 지은 시 가운데, "바다에 맹세하니 어룡이 움직이고, 산에 맹세하니 초목이 아네(誓海魚龍動 盟山草木知)."라는 구절이 있다.

육 년 동안 동쪽 바다에서 파란을 겪었네.

구름 걷힌 대마도對馬島는 탄알만 해 보이는데

찬 서리 내린 군영軍營에는 한 자루 칼날만이 싸늘하네.

산과 강을 가리키며 맹세하여 이미 나라에 바친 몸이거늘

그 은혜 하늘과 땅 같아 갚기도 어렵네.

군사를 내어 승리를 거두기 전에 이 몸 먼저 죽으니

뒷세상 영웅들의 눈물이 마르지 않네.*

시를 다 읊고 나자, 한 승장僧將[영규]이 엎드려 절하고 앞으로 나와 말하였다.

"저는 본래 승려僧侶였으나 다행히 충성스럽고 용맹한 성품을 타고나서 승복을 벗고 갑옷으로 갈아입었으며*, 육계*를 모두 잊고 법고法鼓를 들어 전고戰鼓로 삼았습니다. 제갈량이 맹획을 일곱 번 사로잡은 것*을 본받기로 하고, 흉악한 왜적과 도처에서 싸우며 적의 소굴 깊숙이 들어갔다가 마침내 나라를 위해 죽는 영예를 얻게 되었으니, 다행히 승려는 임금도 없다는 비난을 면하게 되었습니다."

곧이어 시를 읊었다.

의지할 곳 없는 외로운 넋은 가서 오지 않는데

높고 낮은 푸른 산들은 울창하게 우뚝 솟아 있네.

인간 세상 윤회설*을 말하지 마오.

저승에 갇힌 채 원한을 풀지 못하였네.

대장군이 칭찬하며 말하였다.

"이 승려 또한 사람이라 할 만하며, 충의를 지닌 사람이니 우리 무리의 뜻과 역량을 펼치기에 충분하오."

군사를 내어~마르지 않네 두보(杜甫)의 「촉상(蜀相)」이란 칠언율시에 "군사를 내어 승리를 거두지 못한 채 몸이 먼저 죽음이여, 길이 영웅들의 눈물로 옷소매 적시게 하네(出師未捷身先死 長使英雄淚滿襟)."란 구절이 있다. 『두소릉시집(杜少陵詩集)』 권9
승복僧服을 벗고 갑옷으로 갈아입었으며 충남 공주 청련암(靑蓮庵)에서 수도하던 영규(靈圭)는 임진왜란이 일어나자 분을 이기지 못해 3일을 통곡하고 스스로 승장(僧將)이 되었다. 의승(義僧) 수백 명을 규합하여 관군과 더불어 청주성의 왜적을 쳤으며, 조헌과 함께 금산전투에 참가하여 최후까지 싸우다 전사하였다. 이후 전국 곳곳에서 승병이 궐기하는 도화선이 되었다.
육계六戒 불가에서 지켜야 하는 여섯 가지 규범
제갈량諸葛亮이 맹획孟獲을~사로잡은 것 칠금칠종(七擒七縱). 제갈량이 남만(南蠻)을 정벌하러 가서 그곳의 추장(酋長) 맹획을 일곱 번 놓아줬다가 일곱 번을 다시 사로잡아 끝내는 항복을 받았던 것을 말한다.
윤회설輪回說 불교 교리 가운데 하나로, 중생이 죽은 뒤 그 업(業)에 따라서 또 다른 세계에 태어난다는 것을 천명한 사상이다.

파담자가 장수들의
충절을 기리는 시를 짓다

이어 대장군이 파담자에게 화답和答하는 시를 지어 줄 것을 부탁하자,
파담자가 즉시 붓을 휘둘러 시를 써 내려갔다.

오늘 밤은 어떤 밤인가? 해 저무니
옛 누대[탄금대]의 싸늘한 가을 달이 너른 들판을 비추네.
한결같은 충성으로 나라에 보답한 대장군[이순신]이
이 밤 손님들을 탄금대 언덕에 모았네.
의리와 기개는 하늘을 찌르고 창칼은 차가우니
군영軍營의 이 즐거움 인간 세상엔 없으리.
일휴당日休堂[최경회의 호]은 호남자好男子요
제봉霽峯[고경명의 호]의 마음은 얼음처럼 맑고 깨끗하네.

늙은 태수[김제갑]는 치악산을 굳건히 지켰고

남원의 임군任君[임현]은 장대한 계책을 품었네.

동래東萊[송상현]는 송백松柏처럼 시들지 않는 자질을 지녔고

종사관[김여물]은 용과 봉황처럼 웅장하고 기특하네.

당당한 대의를 누가 먼저 주장했던가?

명망이 호남의 으뜸[김천일]이라 그 명성 더 높아졌네.

제독提督[조헌]은 본디 강개한 사람이라 모두들 칭찬하였고

회양淮陽[김연광]은 본래 학문밖에 모르는 서생書生이었네.

삼대三代가 장수인 이씨 가문의 자제[이복남]에다

또 황공黃公[황진] 같은 참다운 대장부 있네.

김후金侯[김시민]는 나라를 지키다 온몸이 피로 물들었고

유장군劉將軍[유극량]은 나라 걱정으로 수염이 허옇게 셌네.

사공司空[신립]이 받은 임금 은총은 천지를 적실 만하고

수백水伯[이억기]의 위세와 명성은 뱃전을 흔들었네.

이 중에 이첨사李僉使[이영남]와 같은 영웅 그 누구인가?

만호萬戸[정운]의 담력은 보통 큰 것이 아니라네.

몸가짐이 단정하고 중후한 심방백沈方伯[심대]이요

기개가 높고 씩씩한 정중추鄭中樞[정기원]네.

작은 원수[신할]는 남관南關[함경남도]을 굳게 지켰고

판사判事[윤섬]는 군자다운 선비의 풍류를 지녔네.

선적仙籍[박호]은 일찍이 옥서玉署[홍문관]에 이름을 올렸고

성관星官[이경류]은 일찍이 궁궐에서 정책을 도왔네.

고씨 집안의 두 형제[고종후, 고인후]는 난새와 짝지어 날고

불당佛堂의 스님[영규]은 학鶴처럼 맑네.

천년에 이런 모임 다시 있기 어려우니

만고토록 아름다운 이름 외롭지 않으리.

파담자에게 이 얼마나 다행인지

금 술 단지의 향기로운 술로 함께 즐겼네.

붓을 잡고 시 읊으며 성대한 일 기록하니

종이를 가득 메운 시 밝은 구슬처럼 빛나네.

파담자가 시를 지어 올리니 좌우에 모여 앉은 사람들이 무릎을 치고 감탄하며 말하였다.

"문장이 맑으면서도 굳세고, 뜻이 격렬하면서도 엄격하니, 그대의 재주는 참으로 훌륭합니다. 부賦를 지어 적을 물리쳤다고들 말하지만 시를 읊는 것이 나라를 지키는 데 도움이 된다고는 할 수 없지요. 하지만 그대의 재주로 무예까지 겸하여 배워서 활을 쏘고 말을 달린다면 못 할 것이 무엇이 있겠습니까? 그대의 문장이라면 나라를 빛낼 수 있고, 무예는 외적을 막아 내기에 충분할 겁니다. 우리들의 생은 모두 끝나 버렸으니 그대가 힘써 주시오."

파담자가 일어나 감사의 인사를 하고 말하였다.

"가르침대로 따르겠습니다."

작별 인사를 하고 내려오니 긴 강가에서 여러 귀신들이 손뼉을 치며 웃고 있었다. 까닭을 물으니 통제사 원균*을 비웃으며 놀리는 것이었

다. 원균은 배가 불룩 솟아 있고, 입은 삐뚤어졌으며, 얼굴빛은 흙빛이었다. 허겁지겁 달려왔으나 배척을 당해 모임에 참석하지 못하고, 강언덕에 걸터앉아 팔을 걷어붙이고 울부짖을 뿐이었다. 파담자 역시 그모습을 보고 큰 소리로 웃으며 조롱하다가 기지개를 켜고 깨어나 보니한바탕 꿈이었다.

베개를 어루만지며 돌이켜 생각해 보니 꿈속에서 만났던 이들이 또렷이 떠올랐다. 그들의 벼슬로 그 이름을 가만히 생각해 보니, 장군은바로 이순신이고, 고첨지는 경명, 최병사는 경회, 김원주는 제갑, 임남원은 현, 송동래는 상현, 김종사는 여물, 김창의는 천일, 조제독은 헌,김회양은 연광, 황병사는 진, 이병사는 복남, 김진주는 시민, 유수사는극량, 신판윤은 립, 이수사는 억기, 이첨사는 영남, 정만호는 운, 심감사는 대, 정동지는 기원, 신병사는 할, 윤판사는 섬, 박교리는 호, 이좌랑은 경류, 고임피는 종후, 고정자는 인후, 승장은 영규였다.

....

원균元均 이순신이 조정의 명령을 따르지 않았다는 죄목으로 서울로 잡혀가 국문을 받게 되자 원균은 1597년 1월에 경상우수사 겸 경상도통제사로 임명되어 이순신을 대신해 삼도 수군을 통제하였다. 정유재란 때 적에게 크게 패하여 목숨을 잃었다.

제문을 지어 충절의 넋을 위로하다

파담자는 뜻이 있는 사람이어서 어떤 사람이 나라를 위해 죽었다고 하면 그를 위해 탄식하고 가슴 아파하곤 하였다. 그 의리를 사모하기도 하고, 그 절개를 기리기도 하였으며, 그 업적에 감탄하기도 하고, 그 죽음을 애도하기도 하였다. 꿈속에서 만난 사람은 모두 자신이 평소 공경하고 우러러 사모하던 이들이었다. 이런 마음이 있어 이런 꿈을 꾼 것이리라.

이에 파담자는 제문*을 짓고 변변찮은 제물祭物이나마 마련하여 화악*

제문祭文 천지신명(天地神明)이나 죽은 사람을 제사 지낼 때 쓰는 글. 제문과 축문(祝文)으로 구분하는데, 그 내용이나 길이에서 차이가 있다. 대개 축문은 죽은 사람이나 조상 또는 토지신(土地神)에게 제수(祭需)를 드리니 받으라는 내용의 간단한 글이지만, 제문은 죽은 사람을 추도, 추모하는 내용을 담은 글이므로 축문보다 긴 것이 일반적이다.
화악華岳 황해도 옹진(甕津)에 있는 산 이름. 화산(花山)

에 올랐다. 남쪽 구름을 바라보며 곡하고, 서해를 내려다보며 그들의 넋을 불러 제사 지냈다. 그 내용은 다음과 같다.

파담자는 수양산首陽山의 고사리를 캐고 응벽지*의 물로 빚은 술을 갖추어 감히 스물일곱 분의 영전靈前에 아뢰오니, 영령들은 제 뜻을 아실 겁니다.

저는 본래 서생書生으로서 반평생 문을 닫고 역사歷史를 읽었으며, 옛사람을 사모하여 그 충성스런 마음과 굳은 절개를 대할 때마다 책을 덮고 탄식하였습니다. 그러나 만고의 역사를 더듬어 봐도 겨우 한두 명의 대장부를 발견했을 뿐입니다. 성대한 중국도 이같이 그 수가 적거늘 우리 삼한三韓은 비록 예의지국禮儀之國이라 하지만 옛날의 동이東夷에 불과한데, 위태로운 상황에서도 굴하지 않고 오랑캐를 물리친 훌륭한 선비가 스물일곱 분이나 됩니다. 아! 거룩한 임금께서 서로 왕위王位를 계승하시어 만세토록 이어질 터전을 만드시고, 이백 년 동안 백성을 보살피고 가르쳐 이처럼 많은 선비를 내셨습니다.

수군통제사[이순신]는 진실로 하늘이 낸 신성한 분으로, 장수에 임명되자 변방을 굳게 지켜 한산도에서 적의 바닷길을 끊으면서 여섯 해를 보냈습니다. 장수를 바꾼 일은 본래 왜군의 모략에서 비롯된 것이지, 장군이 출정 시기를 놓쳐서가 아니었습니다.* 원균이 크게 패한 뒤에 아홉 척의 배와 남은 병사를 이끌고 여러 번 벽파진碧波津[진도]에서 싸워 이겼으니 그 공은 종鍾에 새겨 길이 남길 만합니다. 또한 노량露梁 전투에서 장군께서 죽음을 맞이할 때 깃발을 흔들고 북을 쳐 싸움을 계속할 것을 분부하시고 아드님이 그 명령대로 하여 죽은 공명이 산 중달仲達을 달아나게 한 것처럼 하였으니*, 그 계책은 더욱 기이하다 할 만합니다.

고제봉高霽峯[고경명]은 문장이 칭송할 정도는 아니지만 강개한 마음으로 군사를 일으켜 온 힘을 다해 나라를 위기에서 건졌으며, 적의 소굴에 몸을 던져 삶을 버리고 의를 취하리란 굳은 뜻을 바꾸지 않았습니다. 의병을 모집하는 그의 격문을 읽은 사람이면 누구나 저도 모르게 눈물을 흘리게 됩니다.

최병사[최경회]는 사람됨이 호방하고 활달하여 매인 데가 없었습니다. 처음에 모인 의병은 호랑이와 곰처럼 용맹했고, 의주에 계신 임금께서는 높은 벼슬을 내려 격려하셨습니다. 그러나 끝내 진양晉陽[진주]에서 패하여 장한 뜻을 펴지 못하고 말았습니다.

치악산성雉岳山城은 높고 험준하였으며 하늘에 닿을 듯이 깊고도 그윽하였습니다. 김사군金使君[김제갑]은 지형을 살펴 이 험하고 가파른

응벽지凝碧池 당나라 궁궐의 금원(禁苑) 안에 있는 연못

장수를 바꾼~놓쳐서가 아니었습니다 1597년 고니시 유키나가(小西行長)의 부하이며 이중간첩인 요시라(要時羅)는 경상우병사 김응서(金應瑞)에게 가토 기요마사(加藤清正)가 재침한다는 거짓 정보를 흘려 조선 수군을 출정케 하였다. 하지만 이순신은 적의 흉계를 간파하고 출전을 미뤘는데, 조정에서는 이순신이 명령을 어기고 출전을 지연하여 적장을 사로잡을 기회를 잃었다며 파직하고, 원균에게 그 직을 대신하게 하였다.

죽은 공명孔매이~것처럼 하였으니 제갈량(諸葛亮)이 오장원(五丈原)에서 위(魏)나라의 사마의(司馬懿 호는 중달)와 싸우다가 병으로 죽었는데, 죽기 전 자신의 죽음을 감추고 계속 싸우도록 지시하여 마침내 사마의가 겁에 질려 도망쳐 버렸다. 그래서 "죽은 제갈량이 산 중달을 달아나게 한다."라는 말이 생겼다고 한다.

곳을 차지하였습니다. 그러나 왜적이 한번 침범하자 형세는 외롭고 군사는 지쳐 온 집안이 칼날 아래 쓰러지니, 피비린내가 여기저기 흩어졌습니다.

남원은 곧 호남湖南의 관문으로, 임공[임현]이 부임하여 웅대한 울타리가 되었고, 명나라 장수 양원楊元의 이천여 기병騎兵이 군대의 위세를 크게 빛냈습니다. 그러나 미친 왜적이 함부로 쳐들어와 있는 힘을 다해 독을 퍼뜨리며 올빼미와 솔개처럼 날뛰는 데다 밖으로부터 있던 적은 지원마저 끊어지고 말았으니, 임공이 혼자서 어찌하겠습니까? 결국 조그만 성[남원성]이 하루아침에 무너지고 말았습니다.

동래東萊 송선비[송상현]는 속세를 벗어난 듯 맑고 깨끗한 모습으로 변방 수령으로 나갔다가 뜻밖에 변란을 만났으니, 이는 실 한 오라기로 천 균鈞의 무게를 끄는 형세였습니다. 철문을 굳게 닫아걸고 천지신명天地神明께 맹세한 뒤 죽음을 앞두고 열여섯 글자*를 남겼으니 보는 이마다 그 참혹한 모습에 목메어 흐느끼고, 그 씩씩한 기상을 서글퍼합니다.

김종사[김여물]는 문과에 장원 급제하였으나 사십 근斤 철퇴를 잡아 흔들 정도로 기운이 셌습니다. 평생에 품은 뜻이 크고 높아 자신을 견줌이 너무 지나쳐 죄 없이 감옥에 갇힌 채 하릴없이 지내기도 하였습니다. 나라에 위기가 닥치자 도순변사 신립의 종사관이 되었으나 시운時運이 불리하여 한을 품은 채 죽었습니다.

창의倡義의 선비[김천일]는 서남쪽의 요충지를 먼저 점거하여 강유*를 떨쳤으며, 다시 군사를 거느리고 왜적을 막아 힘껏 싸웠으나 마침내 패하였으니, 몸은 죽었어도 이름은 길이 남았습니다.

제독[조헌]은 식견이 남달라 처음에는 거북점을 치는 것 같다고들 하였습니다. 겐소*가 사신으로 오던 날엔 앞으로 닥칠 화근을 예측하여 거적을 깔고 칼을 들고는 대궐 문 앞에 엎드려 오 일 동안이나 간언하였습니다. 가의가 계책을 올리고 순모가 광주리를 들고 상소를 올리자* 사람들이 모두 어리석다고 하였는데, 그대가 정말 어리석은 것인지, 어리석다고 말하는 사람들이 어리석은 것인지요? 왜적이 침입했단 소식에 곧바로 떨치고 일어나 의義를 부르짖으며 힘껏 싸워 마침내 서원西原[청주]에서 승리를 거두고 격문을 사방으로 보냈습니다. 그러나 뒤이어 금산錦山으로 깊이 들어갔다가 왜군의 속임수에 빠져 몸은 죽고 일은 그릇되어 큰 공적이 단번에 무너지고 말았습니다.

김선생金先生[김연광]은 훌륭한 분입니다. 조복朝服을 갖춰 입고 인수印綬를 찬 채 맡은 고을[회양]을 지켜 떠나지 않았습니다. 학문밖

열여섯 글자 송상현(宋象賢)이 그 아버지에게 보내는 글에, "외로운 성에 달무리가 졌는데 여러 진영에서는 베개를 높이고 도우려 하지 않습니다. 임금과 신하의 의리는 중하고, 부자의 은의(恩義)는 가볍습니다(孤城月暈 列陣高枕 君臣義重 父子恩輕)."라는 16자를 남겼다.

강유綱維 삼강(三綱)과 사유(四維). 삼강은 군신·부자·부부, 사유는 예(禮)·의(義)·염(廉)·치(恥)를 말한다.

겐소玄蘇 1537~1611년. 일본의 승려요 사신(使臣)이다. 하카다(博多) 세이후쿠사(聖福寺)에서 승려 생활을 하던 중 도요토미 히데요시(豊臣秀吉)의 부름을 받아 그 수하로 들어갔다. 1588년(선조 21년) 조선에 드나들며 일본과 수호(修好) 관계를 맺고 통신사(通信使) 파견을 요청하였다. 1591년 다시 입국하여 조선의 국정을 살피고 도요토미 히데요시의 명나라 침공을 위한 교섭 활동을 하였다.

가의賈誼가 계책을~상소를 올리자 한(漢) 문제(文帝) 때에 가의는 「치안책(治安策)」이라는 시국(時局) 구제책(救濟策)을 올렸으며, 당(唐)나라 때에 순모(郇謨)는 정권을 농단하는 원재(元載)를 탄핵하는 상소를 올리며 대나무 광주리를 가지고 갔는데, 만약 상소가 받아들여지지 않으면 자신의 시체를 광주리에 담아 들에 내다 버리라고 했다고 한다.

에 모르는 선비라, 비록 적을 무찌르지는 못했지만 자신을 더럽히지 않았으니 회수*의 물은 맑고도 아름답습니다.

황공黃公[황진]은 온 성안 사람들이 깊이 의지하고 존경하였습니다. 방패를 들고 성가퀴*에 올라가 활을 당겨 적을 쏘았으며, 용감히 싸우다 부하 장수들과 더불어 의로운 죽음을 맞이하니 북소리가 갑자기 잦아들었습니다.

이공[이복남]은 고립된 성이 함락될 위기에 처하자 몇 명의 기병을 거느리고 적진에 뛰어들었으며, 위험을 두려워하지 않고 천금千金 같이 귀한 목숨을 가벼이 던졌으니, 패배를 부끄럽게 여겼기 때문입니다.

당당하도다! 김공[김시민]이여! 힘써 진산晉山[진주]을 지켜 낸 이가 그 누구이겠습니까? 나라 위해 세운 공훈功勳이 높으니 보답도 극진하였습니다. 임금께서는 "아아! 나라의 장성長城이 갑자기 무너졌으니, 장순張巡과 허원許遠의 빛나는 업적을 보지 못하는 것이 한스럽구나."라고 말씀하셨습니다.

유공劉公[유극량]은 전쟁 경험이 풍부하고 의지가 굳센 노장老將으로, 말가죽에 자신의 시신을 쌀 결심*을 하였습니다. 마침내 임진 강 전투에서 패하여 화살이 다 떨어질 때까지 싸우다 그 자리에서 죽었으니, 진정 그 뜻에 부합하는 최후라 할 만합니다.

신공[신립]이 배수진을 친 것은 임금의 커다란 은혜에 보답하지 못한 것이니, 그 자신의 죽음이야 진실로 마땅하겠지만 팔천의 젊은 군사들은 또 무슨 까닭으로 죽어야 했습니까?

수백[이억기]은 참으로 백 사람 가운데 특출한 인물이었고, 첨사[이영남]는 팔 척의 키에 풍채가 훤칠하였으며, 만호[정운] 또한 씩씩한 장사이니, 뜻과 기개가 어쩌면 그리도 높던지요?

기백畿伯[심대]과 동추同樞[정기원]는 모두 맑은 조정의 이름난 신하로, 대궐에서 임금을 가까이 모시다가 나라가 위태로운 때에 왕명을 받고 아낌없이 목숨을 바쳤으니, 그 이름과 행동이 한결같았습니다.

신병사申兵使[신할]는 형의 원수를 갚는 것을 어찌 그리 서둘러 일각一刻도 늦출 수 없었단 말입니까?

윤정당尹政堂[윤섬]은 부모를 앞서 세상을 떠났고, 병조좌랑[이경류]과 홍문관 교리[박호] 역시 젊은 나이에 아깝게 죽었으니, 이것은 한 번 탄식하는 것으로는 부족합니다.

고씨 집안의 훌륭한 두 형제[고종후, 고인후]는 그 부모를 욕되게 하지 않았으니, 참으로 하늘의 떳떳한 도리를 지켰습니다.

영규靈圭는 승려로서 기울어 가는 나라를 온 힘을 다해 붙들어 세우고자 하였습니다.

아아! 저 아득한 하늘의 뜻은 헤아리기 어려워라! 어찌하여 이들

회수淮水 강원도 회양군 일대에 흐르는 북한강을 말한다.
성가퀴 성벽 위에 낮게 쌓은 담으로, 몸을 숨기고 적을 감시하거나 공격하는 데 사용하던 시설
말가죽에 자신의 시신屍身을 쌀 결심 용감하게 전쟁터에서 싸우다 죽는 것을 말한다. 후한(後漢)의 장군 마원(馬援)이 "남아라면 마땅히 전쟁터에서 죽어 말가죽에 시체가 싸여 돌아온 뒤 땅에 묻히면 그만이지, 어찌 침상에 누워 아녀자의 손에 죽겠는가(男兒要當死於邊野 以馬革裹屍還葬耳 何能臥牀上在兒女子手中邪)?"라고 말한 고사가 『후한서(後漢書)』「마원열전(馬援列傳)」에 전한다.

을 세상에 냈으며, 또 어찌하여 이들을 그리도 빨리 데려갔단 말입니까? 원통하고 비장한 기운이 하늘과 땅 사이에 가득하여 답답함을 풀 수 없습니다. 천둥이 울리고 구름이 뭉게뭉게 피어오르고 바람이 참담하게 불어도 이 노여움과 슬픔을 풀기에 부족합니다.

애석哀惜하여라! 공들은 훌륭한 재주를 지녔으나 문관文官과 무관武官이 안일安逸에 빠져 지내던 때에 갑자기 위급한 변고를 만났고, 병사들이 훈련되지 않아 비록 왜적의 기세를 꺾지는 못했으나, 나라를 위해 목숨을 바쳐 절개와 의리를 온전히 보존하였으니, 그 본성은 저 풍이, 등우*, 이광필, 곽자의*와 같다고 할 수 있을 것입니다. 만약 공들 중 한두 사람에게 하늘이 몇 년의 시간을 빌려 주어 오늘에 이르렀다면, 와신상담*하여 백성을 기르고 훈련시킨 뒤 우리 군대를 크게 일으켜 일본 대마도의 흉악한 무리들이 두려움에 움츠러들어 다시는 감히 날뛰지 못하게 했을 것입니다.

아! 죽은 자는 다시 살아나지 못하고, 지난 일은 다시 돌이킬 수

풍이馮異, 등우鄧禹 풍이와 등우는 후한(後漢) 광무제(光武帝)의 때의 명장(名將)으로, 하북(河北)을 평정하고 관중(關中)을 수복할 때에 혁혁한 전공을 올린 일등 공신들이다.
이광필李光弼, 곽자의郭子儀 이광필과 곽자의는 당(唐)나라 숙종(肅宗) 때의 명장으로, 안녹산의 난을 평정하는 데 큰 공을 세웠다. 이광필과 곽자의를 통칭 '이곽(李郭)'이라고 불렀다.
와신상담臥薪嘗膽 중국 춘추 전국 시대 오(吳)나라와 월(越)나라 간의 싸움에서 전해지는 고사이다. 오나라 왕 부차(夫差)는 가시가 많은 나무 위에 누워 자며 월(越)에 복수할 것을 다짐했고, 월나라 왕 구천(句踐)은 매일 쓸개를 핥으며 패전의 굴욕을 되새겼다고 한다. 원수를 갚기 위해 온갖 고생과 아픔을 묵묵히 참고 견디는 것을 말한다.
남기성南箕星 '기성'은 이십팔수 가운데 일곱째 별자리의 별들. 청룡칠수(靑龍七宿)의 맨 끝의 성수(星宿)로서, 별 4개로 구성되어 있다. 기수(箕宿)라고도 한다.
상향尙饗 '적지만 흠향(歆饗)하옵소서'의 뜻이다. 신명(神明)이 제물을 받기를 바라는 의미로 제문의 맨 끝에 쓰는 말이다.

없습니다. 땅에서는 높은 산과 큰 바다가 되시고, 하늘에서는 북두성北斗星과 남기성[*]이 되시어, 우러러볼수록 더욱 높고 건너도 끝이 없을 것입니다.

　화산花山 절벽과 서해西海 물가에 깃드신 영령이시여! 돌아와서 저의 말에 감응感應하시기를 바라나이다.

　아아! 슬프구나! 상향.[*]

강도몽유록
江都夢遊錄

병자호란 때 강화도에서
순절한 여인들을 기억하다

작가 미상

청허 선사가 꿈에
여인들의 통곡 소리를 듣다

적멸사寂滅寺에 '청허淸虛'란 법명法名을 지닌 한 선사禪師가 있었다. 그 성품이 어질고 자애로웠으며, 마음 또한 자비롭기 그지없었다. 혹 추위에 고통스러워하는 사람을 보면 입을 것을 주고, 배고픈 사람을 보면 먹을 것을 주니, 모두들 '한겨울의 봄바람'이요, '암흑 속의 태양' 같다고들 말하였다.

아아, 나라의 운명이 불행하여 호적胡賊의 병기兵器와 말이 온 천지를 뒤덮었고 임금은 남한산성에 고립되었으며*, 불쌍한 우리 백성들 중 절반이 적의 칼과 화살에 죽임을 당하였다. 저 강도*로 피신했던 사람들의 상황은 더욱 비참하고 끔찍하였다. 사람들의 피가 냇물처럼 흐르고 죽은 사람들의 뼈가 수북이 쌓여 산을 이루었다. 그 시신을 까마귀가 파먹는데도 장사 지내 줄 사람조차 없었다.

청허 선사는 그 주인 없는 시신들이 가엽고 불쌍하였다. 그래서 시신을 수습하기 위해 손에 버드나무 가지를 들고* 나는 듯이 큰 강을 건넜다. 그러나 사람들이 살던 집도 전란으로 모두 허물어져 몸을 맡길 만한 곳이 없었다. 할 수 없이 연미정* 남쪽에 풀을 베어 움막을 짓고 그곳에서 법사法事를 베풀며 지냈다.

어느 달 밝은 밤, 청허 선사는 어렴풋이 잠들었다가 꿈을 꾸었다. 하늘과 강물은 모두 푸른빛을 머금었으며, 시름에 겨운 듯 구름은 모였다 흩어지고, 구슬픈 바람은 그쳤다 불기를 반복하였다. 밤기운이 처량한 것이 예사롭지 않았다. 선사는 석장錫杖을 짚고 달빛을 따라 천천히 거닐었다.

이윽고 한밤중이 되자 바람결에 무슨 소리가 들려왔다. 노랫소리 같기도 하고, 울음소리와 웃음소리 같기도 했는데, 모두 여인의 목소리였

나라의 운명이~남한산성南漢山城에 고립되었으며 1636년에 일어난 병자호란(丙子胡亂)을 말한다. 인조(仁祖) 14년 12월 2일, 청 태종이 직접 군사를 이끌고 조선을 침략하자 조정에서는 판윤 김경징(金慶徵)을 검찰사로, 강화유수 장신(張紳)을 주사대장(舟師大將)으로, 심기원(沈器遠)을 유도대장(留都大將)으로 삼아 강도(江都)와 한양을 수비하게 하였다. 14일 밤, 인조 또한 남한산성으로 피하였으나 청 태종가 산성을 포위하고, 이듬해 1월 강도마저 함락되자 인조는 결국 성문을 나와 항복하였다.
강도江都 경기도 강화군 서해안에 있는 강화도(江華島)의 옛 지명. 병자호란이 일어나자 인조는 김상용(金尙容) 등으로 하여금 종묘의 신주(神主)를 받들고 세자빈(世子嬪)·봉림대군(鳳林大君)·인평대군(麟坪大君) 등과 강도로 피란하게 하였는데, 성이 함락될 때 자결하거나 피살당한 자가 매우 많았다.
손에 버드나무 가지를 들고 불교 33관음 중 하나인 양류관음(楊柳觀音)은 중생의 병고(病苦)를 덜어주는 보살로, 오른손에 버드나무 가지를 들고 있는 형상이다. 자비심이 많고 중생의 소원을 들어줌이 마치 버드나무가 바람에 나부끼는 것과 같다 하여 붙여진 이름이다. 여기서는 청허 선사의 자비심을 표현하기 위해 양류관음의 이미지를 차용한 것으로 보인다.
연미정燕尾亭 인천광역시 강화군 강화읍 월곳리에 있는 누정. 월곳리는 한강과 임진강이 합류하는 지점으로서 물길의 하나는 서해로, 또 하나는 갑곶(甲串)의 앞을 지나 인천 쪽으로 흐르는데, 그 모양이 제비꼬리와 같다 하여 정자 이름을 연미정이라 지었다고 한다.

다. 그런데 그 노랫소리, 울음소리, 웃음소리가 다 한곳에서 들려왔다. 선사는 몹시 이상한 생각에 소리가 나는 곳으로 가까이 다가가 엿보았다. 사람들이 줄지어 벌려 앉았는데, 모두 여자들뿐이었다. 어떤 이는 어여쁜 얼굴이 이미 빛을 잃고 머리카락이 희끗희끗하였으며, 또 어떤 이는 아직 청춘이 시들지 않았고 검푸른 머리를 틀어 올려 비녀를 꽂았다. 늙은 사람인지, 젊은 사람인지는 겉모습만 보아도 알 수 있었지만 그들은 위아래 구분 없이 아무렇게나 모여 앉아 있었다. 모두 하나같이 놀라 허둥지둥하며 어쩔 줄 모르는 모습이었고, 몹시 서글픈 얼굴빛을 하고 있었다.

선사는 조금 더 가까이 다가가 자세히 살펴보았다. 어떤 이는 가늘고 연약한 목이 한 길이나 넘는 새끼줄에 묶여 있었고, 한 자쯤 되는 칼끝에 꽂혀 있기도 하였으며, 또 어떤 이는 으스러진 뼈에 피가 흥건하였고, 머리가 다 깨져 버리거나, 입과 배에 물이 가득 차 있는 이도 있었다. 그 참혹하고 가련한 모습은 차마 볼 수도 없고 말로 다 할 수도 없었다.

우리의 참혹한 죽음은
남편들 때문입니다

그들 중 한 부인*이 눈물을 머금고 말하였다.

"나라의 임금께서 난리를 피하여 떠났으니 그 참담한 사정은 이루 다 말로 할 수 없습니다. 아! 그러나 제가 죽게 된 것은 하늘의 뜻인가요? 아니면 귀신의 장난인가요? 구차하지만 그 이유를 따져 보면 이 지경에 이르게 한 사람은 바로 제 낭군입니다. 그는 재상宰相의 지위에 있었고, 체찰사體察使의 임무를 맡고 있었는데도 공론公論을 살피지 않고 사사로운 정에 치우쳐 강도江都를 방어하는 중요한 임무를 철없는 제 자식*에게 맡겼습니다. 그 아이는 부귀를 좋아하고 술과 계집에 빠져서 앞으로 닥쳐올 일에 대비할 생각은 조금도 하지 않았으니, 군대나 무기에 대해 뭘 알았겠습니까? 강이 깊지 않은 것도 아니고, 성이 높지 않은 것도 아닌데 마침내 일을 그르치고 말았으니 죽어 마땅합니다. 그러나 제 아

156

비의 잘못으로 벌어진 일이니 그 아이를 책망해 무엇하겠습니까?

아! 저야 기박한 운명이니 기꺼이 스스로 목숨을 끊는 게 마땅하고 한스러울 것도 없습니다. 다만 하나밖에 없는 자식이 살아서는 나라를 돕지 못하고 죽어서도 죄를 남겼으니, 천년이 지나도 사라지지 않을 악명惡名입니다. 바다를 기울인다 한들 어찌 씻을 수 있겠습니까? 쌓이고 쌓인 한이 가슴속에 가득하여 하루도 잊을 길이 없습니다."

말을 다 마치기도 전에 또 한 부인*이 여러 사람 속에서 빠져나와 단정히 앉으며 말하였다.

"제 남편은 자신의 재주를 스스로 헤아리지 못하고 중대한 책임을 도맡았으며, 강도江都의 험준한 지형만을 굳게 믿고 군사에 관한 일을 게을리하였으니, 적병이 쳐들어왔을 때 막기 어려웠던 것은 당연한 이치입니다. 온 강을 휩쓴 비바람에 사직社稷은 위태롭고, 한 귀퉁이 남은 보루에서마저 삼군三軍이 무너져 결국 임금께서 산성山城에서 내려오시어 항복하셨으니 모든 일을 그르치고 말았습니다. 아! 이 모든 것이 강도江都를 지켜내지 못해 벌어진 일입니다. 제 남편의 목숨이 도끼날 아래 끊어진 것은 군법에 마땅합니다.

한 부인 첫 번째는 김류(金瑬)의 아내인 진주 유씨(柳氏)이다. 김류(1571~1648년)는 조선 중기의 문신으로 그의 아버지는 증영의정 김여물(金汝岉)이다. 1623년 인조반정의 공신이며, 병조판서, 대제학, 이조판서, 영의정 등을 지냈다.
철없는 제 자식 김류의 아들인 김경징(金慶徵, 1589~1637년)을 말한다. 병자호란이 일어나자 김경징은 강도검찰사에 임명되어 강도 수비의 임무를 맡고 부제학 이민구(李敏求)를 부장으로, 수찬 홍명일(洪命一)을 종사관으로 삼아 함께 부임하였다. 청이 침입한다는 보고를 받고도 아무런 대책을 세우지 않아 강도 함락의 빌미를 제공하였다. 난이 끝난 후 탄핵을 받아 사사(賜死)되었다.
한 부인 두 번째는 김경징의 아내인 고령 박씨(朴氏)이다.

그러나 이민구*는 제 남편과 같은 때 같은 임무를 맡았는데, 무슨 충성과 의리가 있었다고 버젓이 목숨을 보전하여 제 명命대로 다 사는 것입니까? 또 도원수都元帥 김자점*은 온 세상의 권세를 누리고, 나라 안의 병권兵權을 틀어쥐고 있으면서도 한 번도 나가 싸우지 않았고, 병기兵器에 피 한 방울 묻히지 않았습니다. 구차하게 바위굴에 숨어 제 목숨을 보전하기에 바빴으며, 위태롭고 어지러운 가운데 있는 우리 임금을 길에 오가는 사람 대하듯 하였는데도, 왕법王法이 행해지기는커녕 도리어 은총이 더해졌으니 참으로 어처구니가 없습니다.

또 심기원*은 그 재주와 도량이 임무를 감당할 그릇이 못 되고, 앞날을 위한 계책은 생각지도 못하는 인물인데, 중대한 임무를 맡겨 도성을 지키게 하였습니다. 그러나 그는 군신君臣 간의 의리를 까맣게 잊어버리고 제 한 몸만 빠져나와 난리를 피하고서는 스스로 지혜롭다 여겼으며, 용문*에서 거북처럼 몸을 움츠리고 지내면서 나라의 은혜를 저버렸습니다. 그런데도 군율軍律이 제대로 시행되지 않았고 도리어 임금의 총애가 두터워졌으며 벼슬은 높아졌습니다. 그러니 제 남편만 홀로 죽임을 당한 것이 어찌 원통하지 않겠습니까?

아! 제 한목숨 죽은 것이야 실로 아까울 게 없지만, 백발의 늙은 시아버님*은 영영 그 아들을 잃었으니, 원통하고 억울한 심정이 산 자나 죽은 자나 어찌 다르겠습니까?"

이 말이 끝나자마자 이어서 또 한 부인*이 나섰다. 젊고 용모 또한 고왔는데, 붉은 입술이 살짝 열리고 눈물이 흘러 뺨을 적신 모습이 마치 서왕모西王母의 연못가에 핀 꽃이 봄바람에 흔들리는 듯, 항아姮娥의

월궁전月宮殿에 있는 계수나무 꽃이 향기로운 이슬을 머금은 듯했다. 그 부인은 근심스레 얼굴을 나직이 숙이고 슬픔을 이기지 못하여 눈물로 호소했다.

"저는 왕후의 조카딸입니다. 수놓인 비단 속에 겹겹이 싸여 곱게 자라다가 김씨의 아들과 혼인하였습니다. 원앙금침鴛鴦衾枕 속에서 즐거움을 누린 지 얼마나 지났을까요? 푸른 봄날의 주렴 친 장막과 햇살 찬란히 비치는 누각에서 부귀영화를 영원히 누릴 것을 기약했는데, 뜻밖에 전란이 일어나 집안이 참혹한 재앙을 당하였습니다. 그러니 저와 같이 운수 사납고 복 없는 사람이 또 누가 있겠습니까? 한번 넋이 흩어진 뒤로 인간 세상과는 영원히 이별하였으니 하늘의 뜻을 어찌하겠습니까? 다만 제 남편은 비바람 몰아치는 인간 세상에 홀로 살아남았으나 사리

이민구李敏求 1589~1670년. 병자호란이 일어나자 이민구는 강도검찰부사가 되어 인조를 강도로 피란시키는 임무를 맡았다. 그러나 적의 진격이 빨라 인조는 강도에 들지 못하고 남한산성으로 피하였다. 난이 끝난 뒤 그 책임으로 아산에 유배되었다가 1649년에 풀려났다. 그 뒤 부제학·대사성·도승지·예조참판 등을 지냈다.

김자점金自點 1588~1651년. 인조반정 공신이며, 1636년 도원수로서 평안도에 파견되었다. 병자호란이 일어나자 적절히 대처하지 못해 토산(兎山)에서 크게 패하였으며, 전쟁이 끝난 뒤 그 책임으로 유배되었다. 이후 1639년 해배되고 이듬해에는 강화부윤·호위대장에 임명되었다. 김류와의 제휴를 바탕으로 1642년 병조판서, 1643년 우의정에 오르며 1646년에는 영의정에 올라 최고의 권력을 장악하였다.

심기원沈器遠 1587~1644년. 인조반정 공신이며, 병자호란이 일어나자 유도대장(留都大將)으로 서울의 방어 책임을 맡았다. 이후 1644년 좌의정으로 남한산성 수어사(守禦使)를 겸임하게 되자 이일원(李一元), 권억(權億) 등과 모의하여 회은군(懷恩君) 덕인(德仁)을 추대하려는 반란을 꾀하였다가 모의가 탄로 나 죽음을 당하였다.

용문龍門 경기도 양평군 용문면 지역을 가리킨다. 심기원이 병자호란 당시 북한산 전투에서 패하여 퇴각한 곳의 지명이다.

시아버님 김경징의 아버지인 김류를 말한다.

한 부인 세 번째는 김진표(金震標, 1614~1671년)의 아내인 진주 정씨(鄭氏)이다. 정백창(鄭百昌, 1588~1635년)의 딸이다. 김진표는 영의정 김류의 손자이자 김경징의 아들이다.

판단에 밝지 못하고 부모를 영원히 잃었으니,
그 망극한 사정과 괴로운 형상은 죽어서도
잊기 어렵습니다."

　말이 다 끝나기 전에 또 한 부인°이 자신의 뜻을
이야기하고자 여러 사람 중에서 빠져나왔는데,
봄바람이 이미 지나가 더 이상 젊지 않았고
꽃 같은 용모도 시들어 있었다.
이내 탄식하며 말하였다.

　"저는 왕후°의 언니이자 대신
大臣의 아내입니다. 평생 부귀하
였고 즐거운 봄날을 보내듯 편안히
잘 지내왔으니, 오늘날 이런 일이 있으리
라고 어찌 생각이나 했겠습니까? 아! 한
번 죽는 목숨, 저의 죽음도 다른 사람과
같았다면 곧은 지조와 절개가 자연스레
드러나 혼 또한 빛났을 것입니다. 하지
만 제 자식°이 어리석어 일을 이치에
어긋나게 처리했습니다. 적의 칼날이

아직 들이닥치지도 않았는데 먼저 칼 하나를 제게 던졌습니다. 스스로 목숨을 끊은 게 아니라 강요된 죽음이니 어찌 사람들의 말이 없겠습니까? 남이 권하여 정절을 지킨 꼴이 되었으니 세상 사람들이 모두 욕하고 비웃는데, 하물며 오늘날 열녀라 표창하여 정문旌門을 세우다니 이 무슨 일입니까?"

뜻을 다 펼치지도 못했는데 또 한 사람*이 푸른 눈썹을 찡그리고 발그레한 얼굴을 조금 숙인 채 탄식하며 말하였다.

"타고난 복은 이미 정해진 것이니 사나운 운명은 피하기 어려운가 봅니다. 남의 후처後妻가 되어 청춘을 헛되이 보냈으니 살아 있다 한들 무슨 즐거운 일이 있겠습니까? 강도가 함락되고 비바람이 휘몰아치니 꽃잎이 날리고 옥이 부서진* 것은 조금도 불쌍할 것이 없습니다. 그러나 제 남편은 은대*에서 임금을 가까이 모셔 거듭 크나큰 은혜를 입었으니, 오늘날 총애를 받은 신하를 말하라면 저 사람을 빼고 또 누가 있겠습니까? 임금께서 남편을 굳게 믿어 원손元孫과 비빈妃嬪을 부탁하셨으

한 부인 네 번째는 정백창의 아내인 서원 한씨(韓氏)이다. 한준겸(韓浚謙, 1557~1627년)의 셋째 딸이며 인열왕후(仁烈王后, 1594~1635년)의 언니이다.
왕후 인조의 비(妃)인 인열왕후를 말한다.
제 자식 정백창은 정선흥(鄭善興)과 정선홍(鄭善弘) 두 아들을 두었다. 여기서는 정선홍을 가리킨다.
한 사람 다섯 번째는 한흥일(韓興一, 1587~1651년)의 두 번째 아내인 완산 이씨(李氏)이다. 이진현(李晉賢)의 딸로 강도에서 절개를 지키다 죽어 정려(旌閭)가 내려졌다. 당시 한흥일은 예방승지(禮房承旨)로, 묘사제조(廟社提調)인 윤방(尹昉), 예조참판(禮曹參判) 여이징(呂爾徵) 등과 함께 종묘사직의 신주와 빈궁, 원손을 받들고 강도에 들어갔으나, 난후 신주 호송을 잘못하였다는 이유로 사헌부의 탄핵을 지속적으로 받았다. 그러나 김류와 마찬가지로 다음 해 바로 관직에 복귀하였다.
꽃잎이 날리고 옥이 부서진 명예나 충절을 위하여 깨끗이 죽음을 비유적으로 표현한 것이다.
은대銀臺 왕명의 출납을 맡아보던 관아, 곧 승정원(承政院)을 말한다.

니 온 마음과 온 힘을 다해 큰일을 해냈어야 했는데, 그 일을 감당할 만한 재주가 없으니 책망할 것도 없습니다. 다만 한스러운 것은 그때 제 남편이 성문을 활짝 열어 오랑캐를 맞아들이고, 손을 맞잡아 절하며 꿇어앉아 목숨을 구걸하기에 여념이 없었다는 것입니다. 그러니 성을 등지고 한번 크게 싸워 볼 생각을 어느 겨를에 했겠습니까?

아아! 저승에 있는 염라대왕은 인간의 선악을 훤히 꿰뚫고 있어 제가 처음 저승에 들어서자 염라대왕의 명을 전하는 사자使者가 이렇게 말했습니다.

'큰 화가 닥쳐오자 제 손으로 목숨을 끊었으니 옛사람 중에 구하여도 이런 사람은 드물다. 그러나 네 남편은 임금을 잊고 적賊에게 절하며 구차하게 살기를 꾀하였으니 그 죄가 참으로 무겁다. 너 또한 그와 연루된 사람이니 책임을 면하기는 어렵다. 이런 까닭에 너를 지옥에 던져 영원히 인간세계에 환생還生하지 못하게 할 것이다.'

이런 말을 들었으니 제 슬픔이 어떠했겠습니까?"

강도를 수비하는 군사는
어디에 있었답니까?

그때 한 부인*이 가슴에 붉은 피가 얼룩지고 얼굴에는 피눈물이 가득한 채 머리를 숙이고 작은 목소리로 말하기 시작했다.

"시아버님의 허물을 말하는 것은 도리가 아니지만, 서글픈 마음이 물처럼 저절로 솟구치니 막을 수가 없습니다. 특별히 임금의 은혜를 입어 강도유수江都留守가 되셨으면, 중요한 땅인 강도를 마땅히 굳게 지켰어야 했습니다. 그런데 그리 깊지도 않은 강과 높지도 않은 성첩城堞만 헛되이 믿고, 큰 칼과 긴 창을 쓸모없는 물건 쳐다보듯 하였으며, 환한 대낮에도 잠에 빠져 있거나 술에 취해 강가 누각에 누워만 있었습니다.

한 부인 여섯 번째는 장신(張紳, ?~1637년)의 며느리이다. 장신은 병자호란이 일어나자 강도 방위를 맡게 되었는데, 전세가 불리해지자 왕실과 노모를 버리고 먼저 도망하였다. 난이 끝난 후 사헌부에서는 그를 목 벨 것을 주장하였으나 전일의 공로를 생각하여 자진하게 하였다.

그러니 나라의 존망에 대해 꿈속에서라도
생각해 본 적이 있겠습니까?

　오랑캐는 본래 물에 익숙지도 않고,
또 나무 널빤지를 타고 험한 풍랑과
싸우며 어렵게 강을 건너왔습니다.
그런데도 오랑캐를 막아 강도의 성
을 지키려는 병사는 단 한 명도 없
었습니다. 그 많은 수군水軍은 도대
체 어느 곳을 지키고 있었단 말입

니까? 화려하게 장식한 전선戰船들은 헛되이 안개 낀 물결 위에 떠 있었을 뿐입니다. 창검이 날카롭지 않은 것도 아니고 지형이 험하지 않은 것도 아닌데, 사람들이 일을 이리 처리하니 어찌해야 한단 말입니까? 강개한 사내대장부는 오직 강후* 한 사람뿐이었으니 그의 힘으로 한바탕 싸운들 어찌 이길 수 있었겠습니까?

아! 시아버님이여! 시아버님께서는 이때까지 사시면서 나라에 공을 세우지 못하고 도리어 나라를 저버렸으니 누구를 탓하고 누구를 원망하겠습니까? 아녀자인 제가 오히려 부끄럽습니다."

말이 채 끝나지 않는데, 또 한 사람*이 옷깃을 여미며 무리에서 나와 앉았다. 서리가 내린 듯 귀밑머리가 희끗희끗한 늙은 부인이었는데, 눈물을 흘리며 말하였다.

"남편이 살아 있을 때 진작 죽지 못하고 살아서 이런 날을 만났습니다. 제 아들이 잘못하여 일을 크게 그르친 까닭에 늙은이의 남은 목숨이 순식간에 끊어졌고, 색동옷 입고 춤추던 여러 손자들도 적의 칼날에 피 흘리며 죽어 갔습니다. 사람이 하는 일이 이러한데 감히 타고난 운

강후姜侯 조선 중기의 문신인 강위빙(姜渭聘, 1569~1637년)을 말한다. 병자호란이 일어나자 익찬(翊贊)으로서 뒤늦게 강도로 가서 봉림대군·인평대군 등을 배종·호위하였다. 이듬해 강화성이 함락되자 적에게 포로로 잡혀 항복을 강요당하였으나 끝내 순절하였다. 강화의 충렬사에 제향(祭享)되었다.

한 사람 일곱 번째 부인은 누구인지 알 수 없다. 국문본에는 이민구(李敏求)의 어머니로 되어 있고, 한문본(동양문고 소장본)에는 이민구의 아내라 밝히고 있으나 역사적 사실을 상고해 보면 둘 다 오류이다. 이민구는 이수광(李睟光, 1563~1628년)의 둘째 아들로, 그 어머니 안동 김씨는 김대섭(金大涉)의 딸인데, 그녀는 병자호란이 일어나기 전인 1615년에 이미 죽었기 때문이다. 한편 이긍익(李肯翊)의 『연려실기술(燃藜室記述)』에 따르면 이민구의 부인은 윤휘(尹暉)의 딸로, 병자호란 때 적에게 끌려가 심양에서 죽었는데, 절개를 위해 죽었다며 묘지문을 짓고 동양위(東陽尉) 신익성(申翊聖)에게 글씨를 청해 세상 사람들이 모두 웃었다고 한다.

명을 논할 수 있겠습니까?

대부도*로 피란하는 것도 그리 좋은 방책이 아니라 얼마 뒤 강도로 들어왔는데, 수군을 훈련시키는 자는 무엇을 했고, 군사 일을 관장하는 자는 무엇을 했습니까? 주사대장舟師大將은 장신張紳이요, 강도검찰사江都檢察使는 김경징이었습니다. 그렇다면 부귀영화를 좇은 자는 무엇을 했고, 종묘사직宗廟社稷을 호위한 자는 무엇을 했습니까? 부귀영화를 좇은 자는 하늘이 버리심이 엄중하였고, 종묘사직을 호위한 자는 충성심이 적었습니다. 그런데 제 자식은 무슨 상관이 있다고 이 위험한 곳에 들어와 제가 천명天命을 다 누리지 못하게 하고, 또 자기 아내만을 구하여 죽지 않게 하였답니까? 아! 제 남편이 죽지 않았다면 늙은 저 또한 살수 있었을 것입니다."

슬픈 마음을 미처 다 털어놓기도 전에 또 한 사람*이 나섰는데, 영웅의 풍채와 남다른 골격을 지닌 여장부였다. 의로운 기운이 복받쳐 원통하고 슬픔이 가득한 목소리로 말하였다.

"사람의 수명을 헤아려 보자면, 이 세상에서 사는 날이 얼마나 되겠습니까? 이르든지 늦든지 간에 한 번 죽는 것은 그 누구도 피할 수 없는 것입니다. 하지만 조용히 죽음을 맞이하는 사람이 세상에 몇이나 되겠습니까? 아! 저는 스스로 목숨을 끊었으니 정절을 지킨 부인으로 그 이름은 역사에 길이 남고 넓은 천당에 들어갈 것입니다. 그러니 지하에서나 인간세계에서나 모두 광채가 있으며, 죽어도 죽은 게 아니요, 유쾌하다면 유쾌한 일이라고 할 수 있습니다. 다만 한 가지 가슴속에 맺힌 한恨이 있어 천년이 지나도록 잊기 어려운 것은 제 남편 때문입니다.

남편은 임금께서 내리신 옷을 입고 음식을 먹으며 대대로 살아왔으니, 나라로부터 입은 은혜가 지극히 두텁습니다. 그런데도 남편은 위기의 순간에 신하의 도리를 저버리고 살기만을 꾀하여 기꺼이 오랑캐의 종노릇을 하였으니 풍채風彩가 땅에 떨어지고 말았습니다. 게다가 작은 키에 무거운 짐을 잔뜩 지고 상투까지 잘라 변발*을 하였으니, 그 모양이 어떠했겠습니까? 구차스레 살길을 찾으려는 한 가지 생각에서 이모든 것이 나왔으며, 정묘년丁卯年의 화의和議도 이 사람이 주선하였으니 고국에 살아 돌아온 데는 참으로 까닭이 있었던 것입니다. 조상들의 썩은 뼈를 돌아오는 몸값으로 치르게 되었으니 한 시대의 웃음거리가 되어 살아도 사는 게 아닙니다. 아! 남편이 구차하게 사는 것이 어찌 제가 제명대로 살지 못하고 죽은 것만 하겠습니까?"

이어서 또 한 사람*이 나섰는데, 꽃 같은 얼굴, 탐스런 귀밑머리에 푸른 원한과 붉은 시름을 지닌 부인이었다. 앵두 같이 붉은 입술을 열어 낭랑한 목소리로 소곤거리듯 말했다.

"자연 그대로 요새를 이룬 우리나라는 산천이 아주 험합니다. 그러니

대부도大阜島 경기도 안산의 섬 이름

한 사람 여덟 번째 부인은 누구인지 알 수 없다. 국문본과 한문본(동양문고 소장본)에는 윤선거(尹宣擧)의 아내라고 밝히고 있으나 그 서술 내용과 윤선거의 행적을 서로 견주어 보면 사실이 아니다.

변발辮髮 중국 북방 민족의 풍속으로, 머리카락이 엉기지 않도록 두발(頭髮)을 땋아 늘인 머리 모양이다. 변발에는 머리 주위를 깎고 머리카락을 정상만 남겨 땋아 늘인 몽고풍의 개체변발(開剃辮髮)과 앞머리는 깎고 뒷머리를 땋아 늘인 만주족(滿洲族)의 전치후변(前薙後辮) 양식이 있다.

한 사람 아홉 번째 부인은 누구인지 알 수 없다. 국문본과 한문본(동양문고 소장본)에는 이명한(李明漢, 1595~1645년)의 아내라고 밝히고 있다. 이명한은 조선 중기의 문신으로 아버지는 좌의정 정구(廷龜), 어머니는 예조판서 권극지(權克智)의 딸이다. 부인인 나주 박씨(朴氏)는 판의금부사 금계군(錦溪君) 박동량(朴東亮)의 딸로 정축년(1637년)에 난을 피하다가 죽었다.

잠시 적의 칼날을 피할 땅이 어찌 없겠습니까? 나라의 요새지에는 결단코 가서는 안 되는 것이었는데, 남편이 멀리 타향에 있고 서울에는 큰 난리가 났으니 일을 주장할 수 없는 아녀자의 몸으로 어찌할 수 있겠습니까? 어디로 가야 할지 알 수 없어 그저 피란 가는 사람들을 따라 도성 밖으로 나왔습니다. 그러나 약한 몸으로 걷자니 엎어지고 넘어지기를 무수히 한 것이야 어찌 말로 다 할 수 있겠습니까?

울며불며 배에 올라 간신히 강도에 들어와 보니, 푸른 바다가 높은 봉우리를 에워쌌고, 성 위에 석회를 발라 쌓은 성첩城堞은 구름 가까이 잇닿아 있어서, 새도 지나기 어려운데 오랑캐가 어찌 이곳까지 이르겠는가 하였습니다. 그러나 뜻밖에도 흉악한 오랑캐들이 갑자기 강도에 쳐들어와 구름도 끼지 않은 밝은 대낮의 성안이 비바람에 놀라 요동쳤습니다. 산천이 험하지 않은 것이 아니라 군신群臣의 지략이 부족했기 때문입니다. 어찌 그때의 운수를 탓하겠습니까? 사람들의 일 처리에 책임이 있습니다.

승냥이와 호랑이 같은 오랑캐의 분탕질에 모두 다 짓밟혔고, 절개를 지키려는 굳은 마음을 품은 이들 또한 오랑캐의 칼날에 쓰러지고 말았습니다. 아! 바다 밖 외로운 넋이 홀로 무엇을 의지하겠습니까? 바다에 바람 불고 안개 몰려올 때면 새와 함께 높이 날아오를 뿐이니, 끝없이 이어지는 슬픔은 바다와 함께 깊어만 갑니다."

절개와 의리를 지켰으니
무슨 한이 있겠습니까만…

비단 적삼에 비취색 띠를 두르고 머리가 하얗게 센 한 부인*이 좌우를 돌아보더니 두 여자를 가리키며 말하였다.

"저기 앉은 이는 제 며느리이고, 여기 앉아 있는 이는 제 딸입니다. 한집에서 살았고 죽어서도 한곳에 있으니, 지하의 기나긴 세월 동안 혼백이 외롭지는 않을 것입니다. 비록 다행이라 할 수 있지만 그렇다고 어찌 원통함이 없겠습니까? 며느리와 딸아이는 모두 청춘이고, 저 또한 늙었다고는 하나 이제 겨우 쉰입니다. 전란이 일어나지 않았다면 어찌 이날에 인간 세상을 영영 이별했겠습니까?

한 부인 열 번째 부인은 누구인지 알 수 없다. 국문본과 한문본(동양문고 소장본)에는 이가상(李嘉相, 1615~1637년)의 아내라고 밝히고 있다. 그러나 이가상의 아내는 젊은 나이에 후사 없이 죽었으므로 딸과 며느리가 있는 열 번째 부인은 아니다.

아! 남편이 이끌어 강도에 들어왔으나 강도 땅이 어찌 적을 막아 줄 수 있겠습니까? 온 집안 식구가 죽음의 재앙을 당한 것은 남편이 일을 잘못 처리하였기 때문입니다. 피 흘러 무성한 잡초를 적시고 넋이 저승에 들었으니, 인간 세상이 어느 곳이던가요? 비단 장막이 적막합니다. 천 년 만에 신선이 되었으나 외로운 학은 돌아오기 어려우니* 원한이 동해보다 깊어 마를 날이 없습니다.

그러나 우리 세 사람은 모두 절개와 의리를 지켜 함께 죽었으니 하늘을 우러러보나 땅을 굽어보나 부끄러울 게 없습니다. 인간 세상에 살아남아 영원히 빛을 잃은 자는 바로 제 동생입니다. 이름난 신하*의 아내로서 절개를 지켜 죽지 않은 것도 한스러운 일이지만 백발의 몸에 더럽고 추한 소문이 나면 어찌합니까? 동생은 연지와 분으로 단장하고 비단옷을 화려하게 차려입고서, 푸른 나귀 등에 올라타 옥 채찍을 휘두르며, 봄바람 부는 해질녘 사현*을 지나갔습니다. 그 소문이 사람들 입에 떠들썩하게 오르내리며 온 세상에 퍼졌습니다. 그러니 살아도 죽은 것만 못하고 저 역시 낯을 들 수가 없습니다."

무리 속에 있던 또 한 부인*은 몸이 일그러지고 뼈가 부서졌으며, 온 몸이 붉은 피로 뒤덮여 그 참혹한 형상이 다른 사람들과는 달랐다. 눈물을 드리우고 말하였다.

"저는 그때 마니산* 바위굴 속에 숨었으나 굴이 깊지 않아 이내 적의 칼날이 눈앞에 닥쳤습니다. 의로움을 버리고 살기를 바라는 것은 한 번 죽느니만 못하다고 여겨 절벽에서 뛰어내렸습니다. 백골이 먼지가 되어 사라지는 것은 제 스스로 기꺼이 한 일이라 한스러울 게 없습니다.

다만 애석한 것은 남편이 어지러운 세상을 만나 형세形勢를 살피지 못하고, 헛되이 서울에 있다가 오랑캐를 피해 강도로 들어와 마침내 원로대신*과 함께 등불을 향해 뛰어든 불나방 신세가 된 것입니다.

아! 일찍 벼슬길에 올라 오래도록 부귀를 누린 사람이라면 종묘사직이 위급한 때에 절의를 지켜 죽는 것이 옳습니다. 아! 그러나 제 남편은 무슨 벼슬과 직책을 맡았기에 바다 밖 이 위험한 곳에 들어왔으며, 또 나라의 은혜를 입은 것이 무엇이기에 부모가 물려주신 몸마저 돌보지 않았단 말입니까? 슬픔과 원망을 이기지 못하여 긴 한숨만 나옵니다."

길이 탄식하는 소리가 채 끝나기도 전에 또 한 사람*이 나섰는데, 난초 같은 자태와 혜초 같은 자질은 천하제일이라 할 만했다. 비단옷이

다 젖은 것을 보고 남교[*]에서 비를 맞은 여인인가 했는데, 입안에 물을
머금은 것을 보니 분명 바다에 빠져 죽은 이였다. 눈물을 훔치고 붉은
입술을 살짝 여니 향기로운 이슬이 방울져 떨어질 듯하였고, 맑고 깨끗
한 소리가 끊어질 듯 이어졌다. 그 여인이 말했다.

"제 남편은 선비였습니다. 달 밝은 연못가에서 만나 인연을 맺은 지
겨우 몇 달 만에 큰 화가 닥쳤습니다. 의리를 생각하니 살 수가 없어 바
다에 몸을 던졌지요. 제 넋과 뼈는 지금도 바다 위에 떠올랐다 잠겼다
하고 있습니다. 아! 제가 절개를 지켜 죽었으니 어찌 그 증거가 없겠습

니까? 하늘이 아시고 밝은 해가 비치고 있습니다. 그러나 이 한 조각 곧은 마음을 남편만 홀로 알지 못하여 혹시 살아서 오랑캐 땅으로 들어 갔는지, 아니면 오가다 길에서 죽었는지를 의심하고 있습니다. 차라리 제 외로운 넋이라도 남편 꿈속으로 날아 들어가 원통한 마음을 한바탕 풀고 싶지만, 저승은 아득하고 인간세계는 천 리 밖이니, 이러거나 저 러거나 꿈속에서 만날 기약이 있겠습니까? 이 일을 생각하면 슬프기 그지없습니다."

남교藍橋 중국 섬서성(陝西省) 남전현(藍田縣) 동남쪽의 남계(藍溪)에 있는 다리 이름. 당 전기소설 「배항(裵航)」의 주인공 배항이 운영(雲英)을 만난 곳이다.

그 이름 죽어서 더욱 빛나도다

무리 속에 또 한 부인˚이 있었는데, 그 용모는 꽃과 달처럼 아름다웠고, 품은 뜻은 소나무와 잣나무처럼 푸르고 굳세어 보였다. 가슴속에 품은 의리로 보나 혀끝으로 토해내는 서릿발 같은 말로 보나 여인들 중에서도 단연 으뜸이었다. 그 부인이 말하였다.

"나라에 훌륭한 장수가 없는 데다 인심人心까지 잃었으니 싸움에 지는 걸 어찌 피할 수 있겠습니까? 산천이 험준하기로는 촉나라 서파˚만 한 곳이 없는데, 장수다운 장수가 없고 병사다운 병사가 없으니, 위나라 장수 등애˚가 한번 쳐들어오자 촉한의 황제 유선˚이 눈물을 흘렸습니다. 또한 백제˚의 웅도˚는 성이 높고 물이 깊어 천험의 요새지였으나 춤과 노래만을 일삼고 군사 일을 전혀 돌보지 않았으니, 용이 백마를 삼켜˚ 나라가 패망하기에 이르렀습니다. 그러니 망하게 하는 것은 하늘이요, 패하게 하는 것은 사람임을 알 수 있습니다.

사람이 변변치 못하면 금성金城도 견고하다고 할 수 없으며, 탕지°도 험하다고 할 수 없습니다. 하물며 저 강도는 바다 밖의 조그만 땅에 불과하니, 서파에 비하면 산이라 할 만한 산이 없고, 백제에 비하면 강이라 할 만한 강이 없습니다. 그런데도 이런 산과 강을 가리켜 하늘이 내린 험준한 요새지라 이르고, 병기와 갑옷을 마치 쓸모없는 물건 보듯 했으니, 위험이 닥친들 누가 대비할 것이며, 환란이 일어난들 누가 막겠습니까? 하루아침에 전란이 일어나자 만백성의 생명이 다 떨어졌으

한 부인 열세 번째는 윤선거(尹宣擧, 1610~1669년)의 아내인 공주 이씨(李長白의 딸)이다. 윤선거는 조선 후기의 학자로 윤황(尹煌, 1571~1639년)의 막내아들이다. 병자호란이 일어나자 강도로 피신하였다. 강도 함락 시 아내는 자결하였으나 윤선거는 평민의 복장으로 탈출하였다. 1651년(효종 2년) 이래 사헌부지평·장령 등에 제수되었으나 강도에서 대의를 지켜 죽지 못한 것을 자책하고 끝내 취임하지 않았다.

서파西巴 중국 서북 변방 사천성에 있는 촉나라 땅을 가리킨다. 파촉(巴蜀)은 고대부터 중국과 거래가 별로 없었고, 중국에서 공격하려 해도 험한 산과 강이 가로막혀 침공하기 쉽지 않았다고 한다.

등애鄧艾 197~264년. 중국 삼국 시대 위나라의 장수. 원제(元帝) 경원(景元) 4년(263년) 사마소(司馬昭)의 명으로 촉나라 정벌에 나섰는데, 부대를 이끌고 기습적으로 촉나라 수도 성도(成都)에 입성했다. 이에 촉나라 유선(劉禪)이 항복했다.

유선劉禪 촉한의 제2대이자 마지막 황제(재위 223~263년). 유비(劉備)의 장남으로, 장무 3년 유비의 뒤를 이어 황제가 되었으나 재위 당시 나이가 어려 국정은 제갈량(諸葛亮)이 보필했다. 263년 위나라 등애가 기습 공격해 오자 촉나라는 위기에 처했고, 아들 유심(劉諶)은 끝까지 항전할 것을 주장하였지만 결국 신하 초주(譙周)의 권유로 위나라에 항복했다.

백제百濟 삼국 시대에 한반도 중부와 서남부에 있던 나라. 660년 신라와 당나라 연합군에 의해 멸망했다.

웅도雄都 웅진(熊津), 곰나루는 475년부터 538년까지 백제의 수도로 지금의 공주(公州)를 가리킨다.

용龍이 백마白馬를 삼켜 충남 부여군 백마강에 있는 조룡대(釣龍臺)에 얽힌 전설. 옛날 당(唐)나라 군사가 백제를 공격하기 위해 강을 거슬러 올라오던 중 갑자기 풍랑이 일어 진군할 수 없게 되었는데, 당나라 장수 소정방(蘇定方)이 그 연유를 알아내고는, 수중암에 걸터앉아 백마의 머리를 미끼로 강물 속에서 백제 무왕(武王)의 화신인 청룡을 낚아 올림으로써 용의 조화를 막고 풍랑을 멎게 하였다고 한다.

탕지湯池 쇠로 만든 성의 둘레에 파놓은 뜨거운 물로 가득 찬 연못이라는 뜻으로, 방어 시설이 잘 되어 있는 성을 말한다. 금성탕지(金城湯池)의 준말이다.

니, 하물며 저와 같이 연약한 여자가 목숨을 어찌 보전하겠습니까? 기꺼이 자결하여 넋이 저승에 드니, 향기로운 이름에 어찌 광채가 없겠습니까?

이때 염라대왕께서 제게 말했습니다.

'아름답구나. 아름다운 사람이로구나! 맑은 바람처럼 상쾌하고 가을 서리처럼 매섭도다. 천둥과 우레를 피하지 않고 도끼도 두려워하지 않는구나. 갑자년 변고* 때는 원훈*의 목을 벨 것을 주장하였고, 정묘년 난리* 때는 화의和議를 앞장서서 배척하여 강도를 불태우자고 청하기도 하고, 크게 떨치고 일어날 계책을 임금께 드리기도 하였으며, 이미 맑은 의론을 세워 후금後金과 맺은 형제의 맹약*을 깨뜨리고자 하였으니, 충성심이 지극한 것이요, 또한 선견지명先見之明이 있도다. 주운* 같은 곧은 절개와 급암* 같은 충성스런 간쟁諫言을 이을 사람이 이 사람 말고 그 누가 있겠는가? 이 사람은 바로 너의 시아버지로다. 너 또한 시아버지[윤황]의 뜻과 절개를 본받아 절의로써 죽었으니, 그 절개와 그 의리를 높이고 장려하지 않을 수 없도다. 그러므로 너를 극락세계에서 편히 살게 하노라.'

잠시 후 선동*이 갑자기 명부*에 들어오더니 염라대왕에게 말하였습니다.

'인간세계에 전란이 일어나매 절개를 지켜 죽은 사람이 많으니 상제上帝께서 측은히 여기시어 전교를 내리셨습니다. 「절개 있는 부인들의 행적을 기록한 문서를 짐이 보고자 하니, 너 선동은 짐의 명령을 어기지 마라.」 이런 명이 있어 제가 지금 여기 왔사오니 대왕께서는 허락하시겠습니까?'

그러자 염라대왕께서 '예' 하고 답하시고는 즉시 손수 문서를 봉하여 공손히 천부*에 바쳤습니다. 상제께서 다 보시고 나서 명부에 조서詔書를 내리셨습니다.

'짐이 중하게 여기는 것은 의리인데 사람들이 이를 실천했고, 또 짐이 귀하게 여기는 것은 절개인데 사람들이 이를 지켰도다. 절개를 지키고 의리를 실천한 이들은 천당에 들어와 편안히 즐기며 살

갑자년 변고 1624년(인조 2년) 갑자년에 이괄(李适)이 일으킨 반란. 인조반정 때 공을 세운 이괄이 논공(論功)에 불만을 품고 난을 일으켰다가 실패하자 후금(後金)으로 도망하여 국내의 불안한 정세를 알리며 남침을 종용하였다. 이것이 1627년(인조 5년)에 일어난 정묘호란의 원인이 되었다.

원훈元勳 조선 중기의 문신 이귀(李貴, 1557~1633년)를 말한다. 1623년 김류, 최명길, 김자점 등과 인조반정을 일으킨 공신이다. 1624년 이괄의 반란군과 임진강에서 대척하였으나 패하였다. 이로써 반란군이 도성을 점령하는 빌미를 제공하여 난후 탄핵을 받았다.

정묘년 난리 정묘호란. 1627년(인조 5년) 후금(後金)의 침입으로 일어난 조선과 후금 사이의 전쟁

형제의 맹약 정묘호란 때 후금과 조선이 형제의 나라로 맺은 화약(和約)

주운朱雲 중국 전한(前漢) 성제(成帝) 때의 충신이다. 성제가 직간(直諫)하기를 그치지 않는 그를 끌어내려 하자 어전의 난간을 붙잡고 계속 간하다 그 난간이 부러진 데서 유래한 절함(折檻)이란 고사로 유명하다.

급암汲黯 중국 전한(前漢) 무제(武帝) 때의 충신이다. 타고난 본성이 엄격하고 직간을 잘하여 무제로부터 '사직(社稷)의 신하'라는 말을 들었다.

선동仙童 신선 세계에서 살며, 신선의 시중을 드는 아이

명부冥府 저승. 죽어서 심판을 받는다는 곳

천부天府 상제(上帝)가 다스리는 조정

게 하라. 그리고 어떤 사람*의 경우는 시아버지의 덕이 그 절개에
더해졌으니 짐이 더욱 아끼노라. 짐이 장차 칭찬하여 장려하고자
하니 명부에 두지 말고 옥허궁*으로 보내어 맑은 밤에는 달나라 계
수나무 궁전에서 항아姮娥와 함께 노닐고, 밝은 낮에는 은하수에서
직녀織女와 함께 즐기게 하라. 그리하면 정절貞節을 드러내어 환히
밝히려는 대왕의 뜻과 의열義烈을 존경하여 기리려는 짐의 뜻이 모
두 나타나리니 어떠한가?'

　염라대왕이 상제의 명을 받들어 사례하고 제 외로운 넋을 학鶴의 등
에 태워 보내니 구만 층 높은 하늘길이 지척인 듯하였습니다. 아아! 시
아버님의 덕이여! 그 덕이 아니었다면 제가 어찌 천부에서 신선과 더불
어 노닐 수 있었겠습니까?"

또 한 부인*이 있었는데, 난초처럼 그윽한 기질과 고요한 태도가 서리 내린 뒤의 푸른 대나무와 흰 눈 사이의 푸른 소나무 같았다. 그 부인은 푸르고 아름다운 눈썹을 찡그리며 붉은 입술을 열어 말하였다.

"저는 본래 선비의 아내였습니다. 남편을 공경하고 정성으로 모신 지 겨우 반년밖에 되지 않았는데, 난이 일어나 강도로 들어오게 되었습니다. 사납게 부는 바람이 오랑캐를 부추기니 성문 안으로 마구 쳐들어왔습니다. 그러나 남편은 역병疫病으로 침상에서 일어나지 못하였기에 저는 제 몸을 돌보지 않고 그 곁에 모시고 앉아 있었습니다. 사람에게 절의가 얼마나 소중한지 짐승 같은 오랑캐가 어찌 알겠습니까? 뼈는 인간세계에서 썩고, 넋은 저승으로 돌아갔습니다. 이때 염라대왕께서 제게 말씀하셨습니다.

'광해군光海君 말년에 조정이 혼탁하여 임금은 임금답지 않고, 신하는 신하답지 않았느니라. 다들 취해 있을 때 오직 네 조부*만이 홀로 깨어 있으면서 고결한 데 뜻을 두었도다. 또 강도에 전란의 비바람이 휘몰아쳐 온 세상이 크게 놀라니, 절의를 잃고 살기를 도모

어떤 사람 상제가 가리키는 '어떤 사람'은 현재 이야기하는 이씨 부인 자신을 가리킨다.
옥허궁玉虛宮 신선이 산다는 궁전
한 부인 열네 번째 부인은 누구인지 알 수 없다. 국문본과 한문본(동양문고 소장본)에도 이 부인에 대한 정보는 없다.
조부祖父 국문본과 한문본(동양문고 소장본)에서는 조부를 이귀(李貴)로 명시하고 있다. 그러나 서술 내용과 역사적 사실을 견주어 보면 이귀는 정묘호란 때 최명길과 화친을 주장하여 여러 차례 탄핵을 받은 인물이라는 점에서 맞지 않다.

하는 사람들이 많았느니라. 그러나 네 홀로 여자의 몸으로 능욕을 당하는 것을 부끄럽게 여겨 즐거이 죽을 곳을 향해 나아갔구나. 아! 전후前後로 하나의 절의를 이룬 것이니 남녀가 무엇이 다르리오? 먼저 그 조부가 있고 그 후손이 뒤를 이었으니 어찌 아름답지 않겠는가?'

이런 까닭에 저에게 천당에 들어가서 만세토록 영원히 즐거움을 누리라 명하셨으니, 어린 나이에 죽어 혼이 되었다 한들 무슨 한이 있겠습니까? 다만 한스러운 것은 늙으신 부모님과 나이 어린 남편이 가까스로 죽음을 면하고 이 험한 세상에 살아남은 것입니다. 거문고와 비파 소리 처량하고 아침저녁으로 바라보아도 보이지 않으니, 오동나무에 가랑비 내리고 모란꽃에 봄바람 불 때 이별한 눈물이 어느 때에나 마르겠습니까? 이별의 한이 더욱 깊어만 갑니다. 그러니 부모님을 돌아보지 않고 자결한 것은 불효라 할 만하고, 남편을 속인 것 또한 어질지 못했습니다. 아! 저의 죄와 한을 어찌 다 말할 수 있겠습니까?"

아아! 그 자리에 있던 여인들 중 각자 가슴에 품은 슬픔을 토로하지 않은 이가 없었으니, 어떤 이는 한숨을 쉬고, 어떤 이는 눈물을 흘리고, 또 어떤 이는 통곡을 하였다. 그 한숨 쉬고, 눈물 흘리고, 통곡한 사연을 다 기록할 수 없었다.

고결한 모임을 뒤로하고 물러나오다

얼마 뒤 언뜻 보니 한 여인이 여러 사람이 모인 자리에서 이리저리 돌아다니는데, 반달 같은 눈썹과 샛별 같은 눈에 아름답고 풍성한 머리는 틀어 올려 신선 세계 사람이라 할 만했다. 청허 선사는 몹시 이상하여 마음속으로 생각했다.

'직녀가 은하수에서 내려온 것인가? 항아가 월궁을 떠나온 것인가? 만약 직녀라면 견우와 한 번 이별한 뒤 다시 만나기 어려우니 눈물로 옷깃을 가득 적시고 푸른 눈썹을 찡그리고 있을 것이 분명하다. 만약 항아라면 긴 밤을 외로이 지내며 남편의 불사약을 훔쳐 달아났던 일*

만약 항아라면~달아났던 일 항아는 원래는 하(夏)나라의 명궁(名弓)인 예(羿)의 아내로, 예가 서왕모(西王母)에게 청해 얻은 불사약(不死藥)을 훔쳐 먹고 달로 도망갔다고 한다.

을 후회하리니 어여쁜 얼굴은 이미 늙고 백발이 당연히 드리워져 있을 것이다. 그러나 이 사람은 벽도화碧桃花처럼 아름다운 얼굴에 조금도 근심 있는 얼굴빛이 아니니, 직녀라 말할 수도 없고, 항아로 볼 수도 없다. 저 사람은 도대체 누구인데 이와 같을 수 있는가?'

선사는 아무리 생각해도 도저히 알 수 없어 이상하다고만 여기고 있었는데, 그 여인이 빙그레 웃으며 말하였다.

"저는 기생妓生입니다. 노래와 춤으로 이름이 멀리까지 퍼져 청조靑鳥가 소식을 전하고 허랑한 나비가 향기를 탐하여 곳곳이 양대*요, 밤마다 운우*이니, 기쁨과 즐거움이 지극하였으며, 즐거웠다면 즐거웠다고 할 수 있습니다. 그러나 인간사를 돌이켜 곰곰이 생각해 보니, 귀한 것은 절개인지라 하루아침에 깊은 규방에 들어앉아 비단 휘장을 지켜 영원토록 한 지아비만을 섬기고 다른 마음을 품지 않았습니다. 그런데 뜻밖에 난리가 일어나 청춘의 나이에 꽃이 떨어지고 말았습니다.

오늘 밤 이 고결한 모임은 실로 저의 분수에 넘치지만, 외람되게도 곁에 앉아 다행히 아름다운 말씀을 들었습니다. 그 높은 절의와 아름다운 정렬貞烈은 하늘도 필시 감동하고 사람도 탄복할 것이니, 몸은 비록 죽었지만 죽은 것이 아니니, 무슨 한이 있겠습니까?

강도가 함락되고 남한산성이 위급하니 임금의 욕되심은 어떠했겠습니까? 나라의 수치가 심하였으나 절의 있는 충신은 만에 하나도 없었습니다. 늠름한 정조는 오직 부녀자들만이 지니고 있었으니, 이 죽음은 영광스런 것이거늘 어찌 그리들 슬퍼하십니까?"

이 말을 겨우 마치자마자 모여 앉은 모든 부인들이 일시에 통곡하였다. 그 통곡 소리가 너무나 비통하고 사무쳐서 차마 들을 수가 없었다.

선사는 혹 알아차릴까 두려워 숲 속에 숨어 하늘이 밝기를 기다렸다가 물러나왔는데, 문득 놀라 깨어 보니 한바탕 꿈이었다.

양대陽臺 초나라 회왕(懷王)이 무산(巫山)에서 여인과 사랑을 나눈 뒤 이별을 아쉬워하자, 그 여인이 자신은 '날마다 아침에는 구름이 되고 저녁에는 비가 되어 양대(陽臺) 아래 머물러 있을 것'이라고 말한 데서 유래. 여기서 양대는 해가 잘 비치는 대(臺)라는 뜻인 동시에 은밀히 나누는 사랑을 말한다.
운우雲雨 운우지정(雲雨之情)으로, 남녀 간에 나누는 사랑을 의미하며 초나라 회왕과 무산 신녀의 고사에서 비롯되었다.

역사와 인물에 대한 또 다른 기억을 말하다

🐦 몽유록 夢遊錄 꿈에 기대어 품은 뜻을 이야기하다

몽유록은 조선 전기 사림파士林派와 훈구파勳舊派의 정치적 격돌의 순간부터 조선 중기 임진왜란, 병자호란과 같은 국난國難의 시기를 거치는 동안 역사 현실에 대한 작가의 치열한 고민을 유감없이 발휘하며 뚜렷한 자취를 남긴 소설 유형이다. 뿐만 아니라 조선 후기에도 변화한 소설적 환경에 부응하여 꾸준히 작품이 창작되었고, 20세기 초까지도 몽유록은 작가의 역사 의식과 현실 인식을 적극적으로 드러낸 역사적 장르로서 그 명맥을 유지하였다.

몽유록이 이렇게 오랜 시간 동안 창작되고 향유될 수 있었던 까닭은, 몽유록의 핵심 서사 기법인 '탁몽서사託夢敍事'가 지닌 매력 때문일 것이다. 꿈에 기대어 자신의 품은 뜻을 펼쳐 나가는 몽유록의 서사 기법을 통해 작가는 모순된 정치·사회 현실을 비판하고, 자신의 이상과는 다른 역사 현실을 풍자하기도 하였다. 꿈이라는 문학적 장치가 있었기에 작가는 역사와 현실에 대한 생각을 한층 자유롭게 표현할 수 있었으며, 꿈속에 등장하는 역사 인물들은 이러한 작가의 의도에 사실성을 부여하면서 현실적 맥락을 확보하였다.

물론 조선 전기부터 20세기 초에 이르는 긴 시간 동안 창작된 몽유록 작품이 천편일률千篇一律적인 성격을 지닌 것은 아니다. 16세기 후반~17세기 전반에 창작된 작품들은 작가 당대의 민감한 역사적 사건이나 인물을 소재로 삼아 작가의 역사 의식 및 현실 인식을 비판적으로 담아내었지만, 조선 후기에 창작된 작품 중에는 향유층이 확대되면서 대중적 욕구에 부응한 통속적 경향의 작품이 창작되기도 하였다.

❥『몽유록 꿈속 이야기로 되살아난 기억들』

이 책은 '몽유록' 양식의 성격을 한눈에 파악할 수 있는 네 편의 작품을 선별하여 엮은 것이다. 「대관재기몽」은 '몽유록의 효시작'으로 일찍부터 연구자들이 주목한 작품이고, 「원생몽유록」은 조선 전기 몽유록의 유형적 특징을 가장 잘 보여 주는 작품이다. 또 「달천몽유록」과 「강도몽유록」은 당대 정치적·사회적 상황에 적극적으로 대응해 나간 몽유록의 역사적 기능이 돋보이는 작품들이다.

이 네 작품에는 모두 역사 인물들이 등장한다. 「대관재기몽」에는 고금의 시인과 문장가가 한자리에 모였고, 「원생몽유록」에는 단종과 사육신, 그리고 생육신 중 한 사람인 남효온이 모임에 참석하였다. 「달천몽유록」에는 임진왜란 때 나라를 위해 목숨을 바친 충절의 장수들이 함께 모여 잔치를 벌이고, 「강도몽유록」에는 병자호란 때 강화도에서 순절한 여성들이 한자리에 모여 있다. 등장인물들은 각각의 문제에 대해 토론을 하기도 하고, 시詩로써 자신의 품은 뜻을 드러내기도 하고, 노래를 부르기도 한다. 그러다 감정이 격해지면 통곡하기도 한다.

작가는 자신이 발 딛고 서 있는 현실에 문제를 제기하고, 제기한 문제에 대한 나름의 해답을 찾기 위해 때로는 역사 인물을 비판하고, 때로는 옹호하고, 때로는 그들에 대한 기억을 재구성하면서 자신의 품은 뜻을 이야기하였다. 정사正史와는 다른 시각에서 역사와 인물을 바라보기도 하고, 공론公論에 대항하는 비판적 지식인의 목소리를 담아내기도 하였다. 이들 작품을 통해 해당 역사와 인물에 대한 또 다른 기억의 충위를 확인해 볼 수 있다.

대관재기몽 大觀齋記夢 고금의 시인과 문장가를 기억하다

서지書誌

「대관재기몽」은 심의沈義가 1529년에 지은 몽유록으로, 심의의 문집인 『대관재난고大觀齋亂稿』에 「기몽記夢」이란 제목으로 수록되어 있다. 그 외 김휴金烋의 『해동문헌총록海東文獻叢錄』에는 「심의기몽沈義記夢」이란 제목으로, 안정복安鼎福의 『잡동산이雜同散異』에는 「대관재기몽」이란 제목으로 실려 있다. 이 작품은 연구 초창기에는 「대관재몽유록」으로 불렸으나 여러 이본들에 '기몽'이란 제목이 붙어 있고, 작가의 호를 붙여 제명題名하는 몽유록의 전통을 따라 최근에는 「대관재기몽」이란 제목이 통용되고 있다.

이 책에서는 심의의 『대관재난고』 권4 잡저雜著에 수록된 이본을 저본底本으로 삼아 번역하였다(『한국문집총간韓國文集叢刊』 19, 민족문화추진회 영인). 이 이본은 오자誤字와 누락된 글자가 거의 없는 선본善本이고, 문집 편찬 당시(1577년 간행) 가장본家藏本을 저본으로 하였을 것으로 추정되기 때문이다. 그 외 『해동문헌총록』(학문각, 1969 영인)과 두 종의 『잡동산이』(규장각 소장)에 수록된 이본을 참고하였다.

심의(1475~?)는 중종 대 좌의정을 지낸 심정沈貞(1471~1531년)의 동생으로, 호號는 대관재大觀齋이다. 1507년(중종 2년) 증광문과增廣文科에 병과丙科로 급제하여 예문관검열藝文館檢閱이 되었으며, 평소 직언直言을 잘하였는데, 1509년 윤대輪對에서 당시의 정치 형세는 '군약신강君弱臣强'이라고 말하여 공신功臣들의 미움을 사 여주부 교수敎授로 좌천되었다. 이때 정치의 도리를 밝힌 「일의잠一宜箴」을 임금에게 올려 다시 신임을 얻어 사헌부감찰司憲府監察에 뽑혔다. 행동이 과격하고 언동이 직선적이어서 사람들의 호감을 얻지는 못했으나 문장이 뛰어나 「대관부大觀賦」, 「소관부小觀賦」 등의 명문名文을 지었고, 서경덕徐敬德(1489~1546년)·성세창成世昌(1481~1548년) 등과 교유가 깊었다.

작품의 의미

「대관재기몽」은 꿈에 문장文章의 고하高下에 따라 등용되기도 하고, 축출을 당하기도 하는 문장왕국文章王國에서 몽유자夢遊者[심의]가 자신의 문학적 역량을 맘껏 펼치다가 깨어난다는 내용의 작품이다. 역대 시인과 문장가에 대한 작가의 평가가 반영된 문장 왕국에서 심의는 금자광록대부金紫光祿大夫 겸 규벽부학사奎璧府學士의 관직에 오르며, 천자天子의 두터운 총애를 받는 인물로 형상화되어 있다. 문인들의 시詩를 비평하여 그 품계를 정하기도 하고, 천자 앞에서 시론詩論을 자유롭게 펼치기도 하며, 천자의 시풍詩風에 반기를 든 김시습金時習(1435~1493년)의 변란變亂을 진압하는 등의 사건을 통해 작가는 자신의 문장에 대한 자긍심을 드러내는 한편, 그것을 제대로 알아주지 않고 오히려 경박하다고 매도하는 현실을 우의적寓意的으로 비판하고 있다.

이 작품에서 유념해서 볼 점은, 격률을 따지는 당시풍唐詩風의 취향이나 탁구적琢句的 시론에 대한 작가의 긍정적 태도이다. 이러한 모습은 천자[최치원]와 몽유자, 규벽부의 동료 학사들[정지상鄭知常(?~1135년), 진화陳澕(생몰년 미상)]과의 대화를 통해 확인할 수 있다. 당시 훈구 관료 문인들은 도리道理를 추구하는 송시풍宋詩風을 받아들였으나 지나친 시적 기교와 수식을 추구하여 화미華美함에 경도되는 경향을 보였는데, 작가는 당시풍의 시관을 통해 당대 정치와 문단에 대해 문제를 제기하고 있다.

결국 작가가 꿈속 문장 왕국을 통해 궁극적으로 그려 보고자 한 것은 천자인 최치원崔致遠(857~?)을 비롯하여 진화, 정지상 등 자신의 문장을 알아주는 지음知音을 만나는 것이며, 지음으로부터 자신의 능력을 인정받고자 하는 소망을 피력한 것이라 할 수 있겠다. 이처럼 세상에 용납되지 못하고 꿈을 통해 자신의 소망을 우의적으로 드러내고 있는 심의의 「대관재기몽」은 이후 많은 몽유록 작품의 창작을 예고한 효시작으로서 의미를 지닌다.

🕊 원생몽유록元生夢遊錄 단종과 사육신을 기억하다

서지書誌

「원생몽유록」은 임제林悌가 선조宣祖 전반 무렵 창작했으리라 추정되는 작품으로, 임제의 문집인 『백호선생문집白湖先生文集』에 「원생몽유록」이란 제목으로 수록되어 있다. 원호元昊(생몰년 미상)의 문집인 『관란유고觀瀾遺稿』에는 「몽유록」이란 제목이, 『화사역대花史歷代』(국립중앙도서관 소장)와 「천군연의天君演義」와 합철合綴된 이본(동양문고 소장) 등에는 「원자허전元子虛傳」이란 제목이 보이며, 『소화귀감小華龜鑑』, 『이대원류二大源流』, 『조야집요朝野輯要』, 『조야첨재朝野僉載』, 『청야만집靑野謾輯』 등 각종 야사野史에는 무제無題로 작품이 수록되어 있다.

이 책에서는 『백호선생문집』(三刊本) 권4 부록에 수록된 이본을 저본으로 삼아 번역하였다(한국학중앙연구원 소장). 이 이본은 작품의 원본 계열에 속하며, 모든 이본 가운데 내용이 가장 풍부하다. 그 외 원호의 『관란유고』(『한국문집총간』 9,

민족문화추진회 영인)와 『장릉지莊陵誌』(세종대왕기념사업회, 1979 영인) 등에 수록된 이 본을 참고하였다.

작가作家

임제(1549~1587년)는 당대 명문장가로 명성을 떨친 조선 중기의 문인으로, 호는 백호白湖이다. 대곡大谷 성운成運(1497~1579년)의 문인으로, 1576년(선조 9년) 생원시生員試와 진사시進士試에 급제하였으며, 1577년 알성문과謁聖文科에 급제했다. 흥양현감興陽縣監과 예조정랑禮曹正郎 등을 거쳐 홍문관 지제교知製敎를 지냈다. 그러나 성격이 얽매임을 싫어해 벼슬길에 대한 마음이 차차 없어졌으며, 관리들이 동서東西로 편을 나눠 서로를 비방하는 현실에 깊은 환멸을 느껴 벼슬에서 물러난 뒤, 명산을 찾아다니며 이리저리 유람하다 1587년(선조 20년) 39세로 세상을 떠났다. 시풍詩風이 호방하고 명쾌하였으며, 소설 작품으로 「화사花史」, 「수성지愁城誌」 등이 전한다.

작품의 의미

「원생몽유록」은 강개한 선비인 원자허元子虛가 꿈에 복건幅巾을 쓴 사람의 인도로 한 임금과 여섯 신하를 만나, 충의忠義와 명분名分이 사라지고 시세時勢와 시군時君에 의해 역사가 전개되는 현실에 대해 토론하고, 각자 지난 일들을 시로 읊으며 회한을 토로하다 깨어난다는 내용의 작품이다. 여기에는 신하요, 숙부인 수양대군首陽大君에게 왕위를 찬탈당하고 비참하게 죽은 단종端宗의 비애와, 단종을 복위시키고자 노력했으나 실패하고만 사육신死六臣의 좌절과 원한 등이 곡진하게 담겨 있으며, 사육신의 절의를 「육신전六臣傳」으로 엮어 낸 남효온南孝溫(1454~1492년)의 충절 역시 우의적으로 형상화되어 있다.

이 작품에서 유념해서 볼 점은, 단종을 위해 죽은 사육신의 절의는 세조의 정통성을 부정하는 것이므로 작가 당대에 공공연히 말할 수 있는 바가 아니었다는 점이다. 그러나 사육신의 복권(숙종 17년, 1691년)과 단종 복위(숙종 24년, 1698년)는 당시 사림파의 정치적 기반 확보를 위해서도 반드시 이뤄 내야 할 역사적 사명이었기에 임제는 '꿈의 서사'라는 우회의 방식으로 단종과 사육신을 담론화하기에 이른 것이다. 이 작품에는 세조의 왕위 찬탈과 사육신의 절의를 현실적 의미로 재구해 내면서 사림파의 정치적 입지를 강화하려는 작가의 우의寓意가 담겨 있다.

한편 「원생몽유록」은 조선 전기 몽유록의 유형적 특질을 잘 보여 주는 작품으로 평가받고 있다. 몽유록의 서사 구조는 대개 '입몽入夢-인도引導 및 좌정坐定-토론討論-시연詩宴-시연의 정리-각몽覺夢'의 순차적 구조를 따르는데, 「원생몽유록」은 그 전형에 해당하는 작품이다. 조선 전기에 창작된 몽유록은 작품에 따라 차이가 있긴 하지만 대개가 이러한 서사 구조로 유형화되어 있으며, 조선 후기에 창작된 몽유록은 '좌정', '토론', '시연' 단락이 확대되거나 탈락하는 등의 변모를 보인다.

❧ 달천몽유록 達川夢遊錄
임진왜란 때 전사한 장수들의 충절을 기억하다

서지書誌

「달천몽유록」은 윤계선尹繼善이 1600년(선조 33년)에 지은 작품으로, 임진왜란 때 의병장으로 활약한 조경남趙慶男이 편찬한 야사野史 『난중잡록亂中雜錄』에 「달천몽유록達川夢遊錄」이란 제목으로 수록되어 있다. 유안劉安의 『회남홍열해淮南鴻烈解』(고려대 소장)와 『잡록雜錄』(정명기 소장)에는 「달천몽유록達川夢遊錄」이란 제목의 이본이, 『화몽집花夢集』(김일성대 소장)에는 「몽유달천록夢遊達川錄」이란 제목의 이본이 수록되어 있는데, 제목의 한자 표기만 다를 뿐 내용상 큰 차이가 없는 이본들이다.

이 책에서는 국립중앙도서관에 소장된 조경남의 『난중잡록』(석인본, 1964년)을 저본으로 삼아 번역하였다. 다만 제목의 '달천'의 한자 표기는 '㺚川'과 '達川'이 예전부터 혼용되었는데, 『동국여지승람東國與地勝覽』과 현재의 지명地名을 고려하여, '達川夢遊錄'이라 하였다. 이 이본은 다른 이본에 비해 내용이 완전히 갖추어져 있고, 등장인물의 이름이나 지역 명칭에 오자가 없으며, 탈자脫字도 거의 없다. 그 외 「수성지愁城誌」와 합철되어 있는 「달천몽유록」(고려대 소장)과 『화몽집』, 『잡록』 등에 수록된 이본을 참고하였다.

작가作家

윤계선(1577~1604년)은 조선 중기의 문신文臣으로 호는 파담坡潭이다. 1597년 (선조 30년) 알성문과謁聖文科에 장원壯元으로 급제하였으며, 성균관전적成均館典籍·예조좌랑禮曹佐郞·세자시강원사서世子侍講院司書·사간원헌납司諫院獻納 등을 지냈다. 1600년 사헌부지평司憲府持平으로 재직 중 설화舌禍로 황해도 옹진현감甕津縣監으로 좌천되었으나 청렴하고 엄격하게 사무를 처리하고 백성들을 잘 보살펴 임금이 내리시는 옷감을 상賞으로 받았다. 그 뒤 평안도 도사都事의 벼슬을 받았으나 병으로 사직하였다. 성품이 탁월하고 큰 뜻이 있어 함부로 남에게 영합하지 않았으며, 문장이 뛰어나 붓을 잡으면 그 자리에서 만여 언萬餘言을 지었다. 특히 사륙변려문四六騈儷文을 잘 지었다.

작품의 의미

「달천몽유록」은 호서 암행暗行의 임무를 수행하던 파담자坡潭子가 임진왜란 격전지激戰地 중 한 곳이었던 충주 달천 지역을 돌아본 뒤, 꿈에 탄금대彈琴臺 전투에서 죽은 병사들과 신립申砬 장군을 만나 전쟁의 패배 원인을 성찰하고, 임진왜란, 정유재란 때 나라를 지키다 전사戰死한 여러 장수들의 행적을 기리는 시를 지어 바친 후 깨어난다는 내용의 작품이다. 작가는 참혹한 전란의 상처를 구체적으로 묘사하는 한편 순국한 장수들의 충절을 추모하고 위로하며, 이들의 충절이 제대로 평가받고 기억되기를 바라고 있다.

작품은 파담자가 꿈에서 깨어난 뒤, 꿈속에서 만난 스물일곱 명의 장수들은 모두 "평소 자신이 공경하고 우러러 사모하던 이들"이라며, 그들을 기리는 추모제追慕祭를 정성껏 지내는 것으로 끝난다. 이를 통해 작가 윤계선이 그들을 어떻게 기억하고 있는지, 그 기억을 통해 무엇을 말하고자 했는지 짐작해 볼 수 있다. 즉 「달천몽유록」은 윤계선이 나라를 위해 자신을 버린 충신들의 의리와 절개, 그리고 그들의 죽음을 추모하고 기억하는 '사적私的'인 '공신책훈록功臣策勳錄'이라 할 수 있다.

이 작품에서 유념해서 볼 점은, 꿈속에서 주요 토론 거리이기도 했던 신립의 탄금대 전투에 대한 작가의 시각이다. 윤계선은 「달천몽유록」을 통해 신립과 탄금대 전투에 대한 당시의 평가가 어떠하였는지를 죽은 병사들의 발화를 통해 들려준다. 죽은 병사들은 탄금대 전투의 패전 원인을 장수의 지략 부족과 독단적 행동에서 찾고 있다. 흥미로운 것은 비슷한 시기에 창작된 황중윤黃中允(1577~?)의 「달천몽유록鐽川夢遊錄」(1611년 作)에서는 전혀 다른 시각을 보인다는 점이다. 윤계선의 「달천몽유록」과 제목만 같은 것이 아니라 동일한 소재를 다룬 황중윤의 작품에서는 탄금대 전투의 패전 책임을 장수 개인에게 전가하는 것은 온당한 평가가 아니라고 말하고 있다.

윤계선과 황중윤의 이러한 시각 차이는 신립과 탄금대 전투에 대한 당시의 기억이 엇갈리고 있음을 보여 주는 동시에 창작 의도의 차이로 연결된다. 윤계선은 전쟁 도중 전사한 호국 영령들을 위로하는 가운데 신립이라는 인물을 통해 당시 호서 지방 백성과 지역 사족들의 의견을 수렴, 충주 방어선이 무너진 것에 대한 실망감을 드러내고 있으며, 황중윤은 신립의 경우를 통해 조선 사회가 안고 있는 여러 사회 제도적인 문제를 거론하고 있다. 황중윤은 신립의 패전 원인을 당시 병영제兵營制의 모순에서 찾고 있으며, 전란 수습 과정에서 공적功績이 제대로 평가되지 않은 점 등 사회 전반의 모순을 비판함으로써 전란으로 황폐해진 현실을 개선할 방향을 모색하고 있다.

강도몽유록 江都夢遊錄
병자호란 때 강화도에서 순절한 여인들을 기억하다

서지書誌

「강도몽유록」은 작품 내용상 1640년에서 1644년 정도에 창작되었으리라 추정된다. 제목은 대개의 이본에 「강도몽유록」으로 되어 있으며, 『동국야사東國野史』(국립중앙도서관 소장)에 수록된 이본과 「강도록江都錄」과 합철되어 있는 이본(일본 동양문고 소장)에는 지명인 '강도'가 누락된 채 「몽유록」이라고만 제목이 달려 있다.

이 책에서는 「선유문답船遊問答」과 합철되어 있는 미국 버클리대 소장본을 저본으로 삼아 번역하였다. 이 이본은 서사 단락의 누락이 없고 다른 이본에 비해 오자와 탈자가 적다. 그 외 『강도록』(동국대 소장)에 수록된 이본과 「강도록」과 합철되어 있는 동양문고 소장본, 「피생명몽록皮生冥夢錄」과 합철되어 있는 국립중앙도서관 소장본, 국문본 「강도몽유록」(양승민 소장) 등을 참고하였다.

작가作家

작가는 미상이다. 그러나 등장인물의 발화 중 조정 대신들의 국정 운영 및 관료들의 행태에 대한 날선 비판과 척화파斥和派의 절의에 대한 찬양 등을 통해 볼 때, 작가는 당시 국정 운영을 책임지고 있던 친청파親淸派에 반대하는 정치적 입장을 지닌 반청파反淸派 지식인 중 하나로 추정해 볼 수 있다.

작품의 의미

「강도몽유록」은 병자호란 당시 우리 민족에게 불어닥친 피바람의 기억을 생생하게 증언하고 있는 작품이다. 전란이 훑고 지나간 격전지 강도江都[지금의 강화도]에서 몽유자 청허 선사淸虛禪師는 주인 없는 시체를 수습하다 꿈에 어디선가 들려오는 울음소리에 이끌려 그날의 기억을 생생하게 전해 줄 인물들을 만나게 된다. 그들은 곧 강도 함락陷落의 순간 오랑캐의 창칼을 피하지 못하고 떼죽음을 당한 여인들로, 이들은 한곳에 모여 조정朝廷 대신大臣이자 강도 수비의 중임을 맡은 관리들의 행태를 비판하고, 절의를 지킨 자신들과 척화파의 의리를 찬양한다. 청허 선사는 이런 여인들의 원한 어린 이야기를 몰래 숨어서 듣다가 깨어난다.

이 작품에 등장하는 여인들은 그 발화 내용으로 보아 당시 국정을 이끌었던 도체찰사都體察使 김류金瑬(1571~1648년)의 아내, 좌부승지 한흥일韓興一(1587~1651년)의 후처後妻, 강도 수비의 총책임자였던 검찰사檢察使 김경징金慶徵(1589~1637년)의 부인, 강도 유수留守 장신張紳(?~1637년)의 며느리 등이다. 이렇게 모여 앉은 여인들은 하나같이 남편과 시아버지가 국가의 존망이 걸린 위태로운 상황에서도 자신의 직분과 도리에 어울리지 않는 행동을 하였기에 결국 병자호란과 강도 함락이라는 참상을 야기한 것이라며 거세게 몰아붙이고 있다. 또 정묘·병자호란에 이르기까지 활약한 척화신斥和臣 윤황尹煌(1572~1639년)의 며느리를 통해 척화파의 절의節義를 칭송하고 있다.

이 작품에서 유념해서 볼 점은, 병자호란이 일어난 원인에 대한 작가의 시각이다. 당시 친청파親淸派가 이끄는 조정朝廷에서는 척화파가 헛된 명예를 얻기 위해 반청反淸을 주장하다 결국 청淸의 노여움을 사 전쟁이 일어나게 되었다는 의견이 지배적이었다. 국왕 인조仁祖 역시 친청파와 같은 의견이었다. 그러나 「강도몽유록」에서는 이러한 공적公的 기억과는 다른 기억을 들려주고 있다. 작가는 공신들의 국정 운영의 실책, 명분과 도리를 잃어버린 관료들의 행태를 비판하고, 대의大義를 따른 척화파의 절의를 높이 평가하고 있다. 친청파 중심의 정국을 구축하려던 인조가 애써 억압하고 조정하려 했던 기억들에 대항하고 있는 셈이다. 「강도몽유록」의 작가는 이러한 '대항 기억'의 정당성을 확보하기 위해 지배세력의 가장 아픈 부분일 것이 분명한, '죽은' 조정 대신의 부인이자, 며느리 등의 목소리에 기대어 작품을 형상화하였다.

🕊 몽유록의 역사적 기능과 가치

꿈속 이야기로 되살아난 '몽유록'은 역사와 인물에 대한 또 다른 기억을 들려 주고 있다. 그 기억들은 당대 정치와 문단에서 소외된 작가의 소망을 담은 것 이기도 하고, 정치·사회 현실에 대한 날선 비판이기도 하며, 기득권의 논리에 대한 거센 저항이기도 하다. 몽유록은 당대 정치·사회가 지닌 다양한 문제와 모순을 들춰내고, 그 문제들을 어떻게 해결해 나가야 하는지에 대한 목소리를 은밀하지만 적극적으로 드러낸 소설 유형이다.

몽유록의 역사적 기능은 바로 이 지점에서 찾아볼 수 있을 것이다. 작가의 시대정신, 비판적 지성이 돋보이는 몽유록 작품들을 감상하면서 오늘날 문학 은 과연 우리의 삶에서 어떤 기능을 담당하여야 하는지, 작가의 시대적 소명은 무엇인지에 대해 생각해 보았으면 한다.